KB164627

소중한 너에게
새우 아❤️의
행복을 보낼게~!

너에게

목소리를
보낼게

너에게
목소리를
보낼게

이용신 지음

푸른숲

오래 간직한 꿈

언젠가 책을 써보고 싶다는 오래된 소망이 현실이 되려고 한다. 나 혼자 보는 글이 아니라 타인이 보는 글을 써야 한다는 것이 마냥 신나는 일만은 아니었다. '작가님'이라는 출판사 분들의 호칭이 처음에는 얼마나 어색하던지. 긴 시간 나를 규정지어온 '성우님'이라는 익숙한 호칭과는 또 다른 무게감으로 다가왔다.

　과거의 나를 돌아보며 미래의 나를 상상하는 과정은 무척 조심스러웠다. 이제껏 '말'과 '노래'로 표현해온 방식이 누군가의 기억 속에 일시 저장되었다면, '글'로 풀어내는 방식은 책 속에 문자로 영구 저장되는 것이니까. 10분 내외의 자극적인 영상이 난무하는 이 시대에 고고하게 살아남은 종이책에 대한 경외심으로 한 땀 한 땀 나의 기억과 경험을 써내려갔다. 그저 나의 자랑과 만족이 되지 않도록 계속해서 뒤돌아보며, 지우고 쓰고 다듬기를 반복했다.

한 사람의 삶의 기록이 책 한 권이 되어 세상에 나올 수 있다는 희망을 이 책을 읽는 모든 분들이 갖게 되길 소망한다. 내게 주어진 시간을 나만의 속도로 진득하게 살아가는 분들, 순간순간 어느 한쪽을 선택하고 결정하며 지금까지 잘 버텨온 분들, 하고 싶은 일을 잘할 수 있는 일로 만들기 위해 오늘도 노력하고 있는 분들이 이 책을 통해 위로를 얻기를 바란다.

이용신

차례

Chapter 1

반듯이
직진하지
않아도

✧

좀 돌아가면 어때,
일단 가고 싶은 길로 가보는 거야

✧ ──────────────────────────────

최선의 선택

열 살 무렵, 우리 집은 넓은 단독주택에서 아파트로 이사를 했다. 강북에서 강남으로 하루아침에 삶의 터전이 바뀌었다. 이사를 하게 된 결정적인 이유는 '언니'였다.

엄마 아빠가 아침부터 외출하셨던 그날, 정신없이 낮잠을 자던 나를 동생이 흔들어 깨웠다.

"누나! 큰누나가 욕조에서 자!"
"어? 그게 무슨 소리야?"

난 아직 잠이 덜 깬 상태로 목욕탕으로 갔다. 언니는 정말 깊게 잠든 것 같다. 그런데 아무리 흔들어 깨워도 대답이 없다.

'헉… 이건 자는 게 아닌데!'
"어떡하지? 엄마! 엄마!!!"

무작정 대문 밖으로 뛰쳐나갔다. 저 멀리 엄마가 보인다. 언니는 응급실로 실려 갔고, 내가 병원에 도착했을 때는 네모난 액자 속에 있었다. 엄마는 실신했고, 아빠는 넋이 나간 표정으로 사진 속의 큰딸을 바라보았다. 그날 밤, 눈이 펑펑 쏟아졌다. 그렁그렁한 눈으로 올려다본 하늘은 대낮처럼 하얗게 빛났다. 신나게 눈싸움을 하다 들어온 동생 용준이가 상기된 얼굴로 물었다.

"큰누나는 언제 집에 와?"
"어… 일주일… 정도 있다가?"
"그럴 줄 알았어."

동생 녀석이 씩 웃으며 돌아선다. 솔직하게 말할 수 없었다. 아니, 말이 나오질 않았다. 언니가 집에 오지 못한다는 걸 알면서 그냥 거짓말을 해버렸다.

구석구석 언니의 흔적과 체취가 남아 있는 그 집에서 남은 가족들은 계속 일상을 이어나갔다. 언니의 빈자리가 너무 크게 느껴졌다. 목욕탕에 들어갈 때마다, 언니의 책상을 볼 때마다, 언니가 치던 피아노를 볼 때마다, 그리움은 더 커져만 갔다.

겨울 방학이 끝나고 학교에 가니 몇몇 아이들이 대놓고 "네 언니 머리 감다가 죽었다며?"라고 묻기도 했다. 그런 말을 들을 때면, 언니가 보고 싶기도 밉기도 했다. 속상한 마음에 엄마에게 털어놓았다. 애들이 자꾸 놀린다고. 놀림이 아니라 위로를 받아야 할 일인데….

부모님은 이사를 결정하셨다. 낯선 곳에서 모든 걸 다 다시 시작해야 했지만, 남은 가족들 모두 알고 있었다. 이게 최선의 선택이라는 걸.

8학군의 외딴 섬

초등학교 5학년 때부터 대학교 입학 때까지 우리 가족은 쭉 대치동에서 살았다. 어릴 적에는 어느 아파트에 사느냐가 패거리를 나누는 기준이 되기도 했다. "너네 아파트 얼만데?" 하며 따지던 일부 유치하기 짝이 없는 애들도 있었다.

강남 생활은 그리 순탄치 않았다. 우리 집은 1, 2년 단위로 끊임없이 이사를 다녀야 했다. 한번 이삿짐을 쌀 때마다 평 수는 계속 줄어들었다. 14층, 12층, 10층, 5층, 4층… 층 수도 점점 낮아졌고, 고1 때 드디어 반지하까지 내려갔다. 지상으로 난 창문으로 보이는 사람들의 발. 영화 〈기생충〉의 첫 장면을 보면서 그 시절 내가 식탁에 앉아 바라보던 창밖 풍경이 떠올랐다.

학년이 올라갈수록 학원을 다니기 어려워졌다. 친구들 대부분은 학원을 다니고, 과외도 받았다. 시험을 잘 보고 싶은 욕심이 커지니 부럽고 속상한 마음도 덩달아 커졌다. 나만 외딴 섬에 살고 있는 기분이 들었다. 내 사춘기는 부모님에 대한 불만과 친구들에 대한 시기, 그리고 나 자신에 대한 열등감으로 가득 찼다.

어렵지 않은 척, 부족하지 않은 척, 가난하지 않은 척… 가면을 쓴 나와 민낯의 나는 서로를 철저히 외면했다. 거울 속의 내가 너무 싫었다. 나를 싫어하는 마음이 커질수록 여드름도 심해졌다. 젠장. 나 자신을 끝도 없이 깎아내리고 나면 극단적인 생각이 들기도 했다.

그럴 때마다 일기를 썼다. 널뛰는 감정을 따라 아무 말이나 끼적이면 조금씩 차분해지고, 꾸깃꾸깃해졌던 마음이 싹 펴지는 느낌이 들었다. 일기장에 지금과는 다른 미래의 나를 떠올리며 온갖 희망 사항들을 적고 나면 이내 기분이 좋아졌다. 현실은 반지하였지만, 일기장 속의 나는 한강 뷰가 보이는 펜트하우스에 있었다. 근사해진 나를 언젠가 만나보고 싶어졌다.

생각해보면 아주 어렸을 때부터 현실이 고될 때마다 일기장을 펼쳤다. 현재가 힘들 때는 미래를 그리고, 또 행복한 과거를 살폈다. 과거의 나와 미래의 나에게 매일같이 위로를 받은 셈이다. 일기를 쓰지 않았다면 혼돈의 카오스였던 내 사춘기는 어떻게 흘러갔을까? 으악, 너무 끔찍하다.

지금이라도 돌아서기

고3 여름방학, 며칠간 몸살로 힘들어하던 엄마가 결국 응급실에 실려 가셨다. 급성 심근경색이었다. 예전부터 심장이 좋지 않으셨지만, 그렇게 급격히 상태가 악화될 줄은 몰랐다. 중환자실로 들어간 엄마는 이미 얼음장처럼 차가워져 있었다. 담당의는 인공심장 박동기를 달고 경과를 지켜보자면서, 혹시 모르니 마지막 인사를 해 두라고 했다.

'뭐지. 이게 대체 무슨 상황이지?'

이미 죽은 사람처럼 누워 있는 엄마를 바라보며 내가 할 수 있는 거라고는 기도밖에 없었다. 목숨 앞에서 인간이 얼마나 무기력한 존재인지 깨닫게 되는 순간이었다. 성경에 등장하는 숱한 기적들을 이스라엘의 전래동화 정도로 여겼던 나는 무릎을 꿇고 그 기적을 우리 엄마에게도 보여 달라고 간절히 기도했다.

'죽은 자도 살리셨다면서요! 그럼 죽어가는 자도 살리실 수 있잖아요!'

그렇게 눈물 콧물 범벅이 되어 엎드려 있는데, 중환자실에서 연락이 왔다. 보호자 분 들어오시라고.

'아… 정말 마지막인 건가?'

그런데 이럴 수가. 엄마의 손발이 따뜻하다. 피가 다시 돌기 시작한 것이다. 담당의는 100만 명 중 한 명 꼴로 이런 기적이 일어난다고 했다. 의학적으로는 설명이 안 되는 현상. 그렇게 엄마는 그 강을 건너지 않고 돌아오셨다.

전쟁 같았던 고3 여름이 지나고, 대입 원서를 써야 하는 겨울이 왔다. 난 여러 가지 이유로 기독교교육과를 선택했다. 다행히 합격했고, 학점도 잘 나왔고, 성적 장학금도 받게 되었지만 1학년을 마치고 나서 깨달았다.

내가 정말 하고 싶은 공부는 따로 있다는 걸.
내가 진짜 해보고 싶은 일은 이 길에 있지 않다는 걸.
어려서부터 꿈꿔온 방송과 노래에 대한 열망을 누를 수 없다는 걸.
하나님의 교리를 가르치는 것은 분명 신성하고 의미 있는 일이지만, 그 길을 걷기에는 내 안의 동력이 너무 부족하다는 걸.

언니와 엄마 사건을 계기로 한 번 사는 인생에 대해 생각해볼 기회가 많았던 것 같다. 아무렴 어떻게 생각해보지 않을 수 있을까. 언니를 보내고, 엄마가 돌아오는 걸 목격하고 나니 나에게 주어진 이 세상에서의 시간이 얼마나 소중한지를 깨닫게 되었다.

그래, 지금이라도 빨리 돌아서자. 그리고 내가 하고 싶은 일, 잘할 수 있는 일을 찾아 나서자. 이 길이 아니라는 걸 깨닫는 데 걸린 시간 1년. 좀 돌아가면 어때. 일단 가고 싶은 길로 가보는 거야.

*

"근사해진 나를 언젠가
만나보고 싶어졌다."

노래가 나를
선택했다고 생각했다

강의실 밖에서 배운 것들

어려서부터 노래하는 걸 좋아했다. 전축이라 기억하는 가정용 오디오에 마이크를 꽂고 온 가족이 돌아가면서 노래를 불렀던 기억이 난다. 그 추억이 내내 힘이 되어준 덕분인지, 자연스럽게 녹아든 노래에 대한 즐거움 덕분인지 학창 시절 중창단, 합창단, 성가대 활동을 한 번도 쉬지 않고 계속했다.

상 복도 있었다. 초등학교 4학년 때 KBS 〈누가 누가 잘하나〉에서 금상을 탄 이후로 노래자랑에 나가는 족족 하다못해 인기상이라도 타왔다. 무대 밑에서는 덜덜 떨다가도 막상 무대에 서면 희한하게 멀쩡해지고는 했다. 노래할 때만큼은 내가 아닌 누군가로 변신하는 기분이었다.

마이크를 잡았을 때의 즐거운 떨림을 잊을 수 없었다. 노래를 하든 말을 하든 방송 쪽 일을 하고 싶었다. 휴학계를 제출하고 5월부터 본격적인 입시 준비에 돌입했다. 부모님께 내가 내린 결정이니 책임도 내가 지겠다고 말씀드렸다. 2학년 1학기 등록금으로 노량진에 있는 재수학원을 끊었다. 호기롭게 재수를 선택했지만 고3 때와 완전히 달라진 입시제도 때문에 준비해야 할 게 많았다.

무더운 여름을 학원과 도서관에서만 보냈다. 내 선택에 대한 책임을 져야 했기에, 단 1분도 허투루 쓰지 않고자 애썼다. 그리고 그렇게 가고 싶었던 신문방송학과의 합격 통보를 받았다.

그즈음 아빠는 직장에서 명예퇴직을 당하셨다.

대치동에 산다고 하면 선배나 동기들의 첫 반응은 늘 "오~"였다. 장난처럼 '대치동의 프롤레타리아'라고 말하며 이어질 질문을 차단하고는 했다. 나는 정작 강의만 딱 듣고 알바 하러 가기 바빴다. 학기 중에는 생활비를 벌어야 했고, 방학 때는 다음 학기 등록금을 마련해야 했다. 마트 시식코너, 식당, 카페, 피자집, 호프집, 록카페 서빙,

백화점 세일즈, 설문조사 조사인, 각종 자격 시험 참관인, 공장 일용직, 도서관 사서, 지역신문 기자, 케이블TV 리포터, 작가, 과외교사 등등 할 수 있는 건 닥치는 대로 했다. 부모님에게 용돈과 등록금을 받아 편하게 학교 다니는 애들이 부러웠다.

'뭐냐. 난 당장 교통비랑 점심값이 절실한데.'

또 또 또. 시기, 질투가 또 나를 갉아먹으려 한다. 내 삶이 짜증과 불만으로 가득 차려고 한다. 그럴 때마다 내 마음을 일기장에 털어놓았다. 어디다 내놓기도 창피한 원초적인 감정들을 써 내려가다 보니 어느 순간 어디로 가야 하는지 보이기 시작했다.

'그래. 언젠가 지금의 경험들이 내 인생에 분명 도움이 될 거야.'

숱한 알바를 통해 다양한 사람을 만났다. 어디서 일하든 누군가와 관계를 맺어야 했다. 좋든 싫든. 사람을 상대하고 파악하는 방법을 조금씩 터득해 갔고, 말과 태도의 중요성도 알게 되었다. 방송 일을 하고 싶은 나에게는 정말 필요한 경험이었다. 처음 보는 사람과 어렵지 않게 말을 섞고 어색한 순간을 최대한 빨리 넘길 수 있는 노하우는 강의실 안에서 절대 배울 수 없는 것들이었다.

피아노와 절대음감

대학생이 되고 첫 알바를 해서 번 돈으로 종로에 있는 재즈 피아노 학원에 등록했다. 알바비를 차곡차곡 통장에 모으다 보니 무언가를 배울 수 있는 여유가 생겼는데, 그때 재즈 피아노가 떠올랐다.

다섯 살 무렵, 연립주택 2층에는 어울리지 않는 피아노가 들어왔다. 지금은 사라진 동일 피아노. 언니 치라고 샀겠지만, 자식들 피아노는 무조건 시킨다는 엄마의 등쌀에 나도 여섯 살부터 피아노 학원을 다녔다.

피아노로 예고 준비까지 했던 언니랑 비교되는 게 짜증나서, 정말 하기 싫은 거 억지로 참고 다녔는데, 그때 닦아놓은 기초 덕에 절대음감이 생겼다. 노래를 들으면 악보 없이도 피아노로 옮겨 칠 수 있었기에 음악에 대한 흥미를 계속 유지할 수 있었다. 새삼 피아노 연습 안 한다고 등짝 스매싱을 날려주신 엄마에게 감사를 드린다. 하지만 뭐든 꾸준히 못 하는 성격 탓에 체르니를 40 초반쯤 칠 무렵 학원을 그만두었다. 그래도 당시 유행하던 가요 악보와 팝송 대백과를 사서 집에서 혼자 반주하고 노래하며 가수가 된 것 마냥 너무나 행복한 시간을 보냈다.

성인이 되어서 다시 찾은 피아노 학원. 지루한 체르니, 하농과는 달리 재즈 피아노는 정말 재미있었다. 언젠가 코드와 주법을 제대로 배우고 싶다는 어릴 적 소망을 실현한 셈이다. 역시 내돈내배(내 돈 주고 내가 배워야 열심히 함)다.

연립주택, 단독주택, 아파트, 반지하부터 탑층까지 함께 다닌 우리 집 피아노. 이사할 때마다 상태는 점점 안 좋아졌지만, 20년 넘게 내가 노래할 수 있도록 곁을 지켜준 누구보다 소중한 친구였다.

20대의 어느 봄날, 피아노를 치면서 휘트니 휴스턴의 노래를 무아지경으로 부르고 있는데 밖에서 이삿짐 나르던 아저씨들이 박수 치고 환호를 했다. 민망해서 창문을 닫아버렸지만, 실은 으쓱했던 건 안 비밀.

내가 좀 무대 체질

그 당시 대학 시절 노래 좀 한다는 애들은 누구나 마음속에 강변가요제나 대학가요제에 대한 로망이 있었다. 학교 축제나 행사 때 노래자랑에 나가서 상을 타오다 보니, 과 동기와 선배들에게 가요제에 나가보라는 말을 숱하게 들었다.

'진짜 졸업하기 전에 한번 나가볼까?'

다른 과 남자 후배와 듀엣을 결성해 나가기로 했다. 아는 선배의 도움으로 유명한 작사가 선생님을 통해 곡도 받게 되었다. 우리 팀명은 무려 '인터넷B@G'. 'B@G'는 'Boy & Girl'의 약자였다. 지극히 90년대스러운 작명 센스. 그런데 누가 봐도 아마추어 티 풀풀 나는 우리가 예선을 다 통과하는 거다. '왜 이러지?' 하다 보니 어느새 본선 진출 열두 팀 안에까지 들어갔다.

> **PD** "너는 어느 기획사 소속이야?"
> **용신** "네? 전 그런 거 없는데요."

알고 보니 다른 참가자들 대부분이 기획사 소속이었다. 반면, 우리 팀은 누가 봐도 순수한 대학생, 심지어 노래도 해맑은 댄스 곡. 참가 번호는 1번이었다. 경연에서 순서 1번이 주는 의미는 일단 대상은 아니라는 이야기. 수상에 대한 기대를 전혀 안 하고 첫 타자로 무대 마친 뒤 즐기고 있었는데, 이게 무슨 일? 우리 팀이 덜컥 인기상을 탔다. 실시간 투표에서 1등을 한 거다. 심지어 경품으로 노트북도 받았다. 이건 지금도 미스터리한 일인데, 아무래도 오글거리는 작명 센스 덕이 아니었을까 추측해본다. 노래자랑에만 나가면 뭐라도 손에 쥐고 돌아오는 나. 정말 상 복 하나는 끝내준다.

그래, 소리는 예쁘네

강변가요제 인기상 수상 이후, 놀랍게도 내 일상은 1도 변화가 없었다. 노트북 처분한 돈을 다음 학기 등록금에 보탠 게 가장 큰 수확이랄까. 하지만 이미 큰 무대를 맛본 터라 은근 '나도 가수가 될 수 있을까?' 하는 기대를 품게 되었다.

어려서부터 언제나 내 가슴 한편에 있던 꿈, 가수. 마음이 들썩이기 시작했다. 당시 엠넷에서 일하고 있던 과 선배님을 찾아갔다. 선배를 통해 유명한 가요계 관계자들을 소개받고 일종의 오디션을 봤다. 작곡가, 프로듀서, PD, 뮤지컬 연출가, 이름만 들으면 다 아는 분들 앞에서 노래를 했다. 방구석에서는 나름 휘트니 휴스턴이었는데, 오디션이 주는 압박 때문인지 그저 평범히 노래를 마쳤다.

"그래, 소리는 너무 예쁘네."
"그런데 개성이 없어."
"보아나 김건모처럼 딱 들으면 알 수 있는 목소리여야 하는데."

목소리 하나만큼은 자신 있었는데, 정말 큰 충격이었다. 노래를 못해서가 아니라 목소리가 예뻐서 문제라고? 목소리를 바꿀 수도 없고 어쩌라고요.

상처를 입긴 했지만, 좌절하고 싶진 않았다. 유명한 분들이기는 하지만 대단히 주관적인 판단일 수도 있지 않을까? 노래할 수 있는 기회는 분명히 또 올 거라 믿었다. 고작 오디션 몇 번으로 포기하기에는 난 노래를 너무 좋아하니까.

'일단, 내가 할 수 있는 다른 걸 먼저 해보자. 목소리로 할 수 있는 일이 가수밖에 없는 건 아니잖아?'

그런데, 잠깐! 이 글을 쓰다가 갑자기 이런 생각이 들었다. 혹시 그분들이 돌려 말한 것일 수도 있지 않을까? 최대한 내가 상처받지 않게 '너는 가수로서 상품성이 없어'라고 말이다. 사실 그 시절 나는 이미 나이가 많았고, 외모도 뛰어난 편이 아닌 데다가, 노래도 '헉' 소리 나게 잘하지 않았으니까.

애매하다는 말을 그나마 장점을 칭찬하면서 좋게 말해주신 것일 수도 있겠구나. 아… 이래서 사람이 나이 먹고 철이 들어야 한다니까.

＊

'일단, 내가 할 수 있는 다른 걸 먼저 해보자.
목소리로 할 수 있는 일이 가수밖에 없는 건 아니잖아?'

하고 안 하고는
내가 결정하기로 결정했다

한 우물만 파다 아니면 어쩔래

어느 한 분야에 천재적인 재능을 가진 사람은 한 우물만 파도 된다. 난 그런 천부적인 재능은 없다. 그냥 두루두루 적당히 재능이 있는 편이다. 어렸을 때도 그게 고민이었다. 뭐 하나를 빼어나게 잘한다기보다는 다양한 방면에서 평균을 약간 웃도는 정도였으니까. 그러다 보니 한 가지에 집중하지를 못했다. 어딘가에 흥미를 느껴서 좀 즐기다 보면 곧 다른 게 눈에 들어왔다.

나는 이것을 '애매한 재능의 저주'라고 칭했다. 호기심은 많은데 그만큼의 인내심은 없는 이의 한계가 보였다. 학창 시절 일기장을 뒤져 보면 대략 6개월 단위로 장래희망이 계속 달라졌음을 확인할 수 있다. 음악 선생님, 성악가, 가수, 변호사, 아나운서, 기자 등등. 그래도 이 직업들을 관통하는 무언가가 있었다.

바로 목소리.

내 재능은 놀이를 통해 발견되었다. 미니 카세트에 공 테이프를 넣고 내 목소리를 녹음해 들어보는 게 너무 신기하고 재미있었다. 내 목소리가 녹음을 했을 때 실제보다 더 예쁘게 들린다는 것을 알았다.

동화책, 교과서, 시집, 가요, 팝송 등 읊을 수 있는 것들은 다 녹음하고 들어봤다. 엄마에게 들려주며 자랑했던 기억도 난다. 녹음 놀이는 읽고, 말하고, 노래하는 것에 대한 흥미와 자신감을 갖게 된 계기가 되었다.

하나의 재능을 가지고 이렇게 많은 희망 회로를 돌렸던 나이기에 어느 한 곳에서 일이 잘 안 풀린다 싶어도 지나치게 좌절하지 않을 수 있었다. 돌이켜보면 어느 한 가지에 매달리지 않는 자세가 오히려 더 많은 도전을 가능하게 했다. 끝장을 보겠다며 한 곳만을 향해 돌진하면 힘들고 지치니까. 내가 지치지 않고 할 수 있는 그 무언가를 찾기 위한 시간을 충분히 보냈다.

나의 20대는 포기와 도전의 반복이었다. 일단 시도해보고, 안 되면 포기하기. 다시 시도해보고 해볼 만하다 싶으면 계속하기.

가수는 어렵겠다고? 그럼 목소리로 해보고 싶은 다른 걸 해보겠어. 포기할 줄 아는 마음을 가지니, 오히려 스스로에 대한 믿음이 생겼다. 난 타인의 평가에 휘청거리지 않기로 결정했다.

하고 안 하고는 내가 결정하기로 결정했다.

결정이 어려울 때 난 일기를 써

4학년이 되자 내게도 미래에 대한 고민이 찾아왔다. 당시 지역 케이블TV에서 리포터와 작가를 겸해 계약직처럼 일을 하고 있었기에, 더 큰 곳에 가서 방송 일을 계속하고 싶은 마음이 들었다.

'다른 선배들처럼 언론사 입사를 위해 언론고시를 준비해야 하나?'
'아니면 일반 회사에라도 들어가야 하나?'

문득 회사에서는 나를 어떻게 평가할지 호기심이 생겼다. 소위

'직원'으로서 내 스펙은 어느 정도일까?

　한 결혼정보 회사에 서류를 넣었는데, 최종 면접까지 올라갔다. 임원진 면접이라는 걸 그때 처음 해봤다. 그리고 끝내 최종 합격 통보를 받았다. 모든 일이 순조로웠다. 그런데 이상했다. 허무함이 밀려왔다. 꼭 첫 번째 대학에 합격했을 때처럼 말이다. 아, 이러려고 학교를 옮긴 게 아니었는데.

　살면서 이런 경험이 꽤 있었다. 할까 말까 고민이 되면 일단 하는 쪽을 택했다. 저지르고 후회하는 게 아무것도 안 하고 후회하는 것보다 나으니까. 그리고 그때부터 다시 생각했다.

　'이거 네가 진짜 좋아하는 일이냐?'
　스스로에게 계속 질문을 던진다.
　'이거 다른 걸 포기하고서라도 하고 싶은 일이냐?'
　그렇다고 질문을 머릿속에만 가둬두면 혼란은 더 커지기 마련이다.

　그럴 때면 또 어김없이 일기장을 폈다. 결론에 도달하기 위해 글로 내 생각을 정리하는 거다.

'이쪽으로 갔을 때 내가 포기해야 할 것은 뭐지?'

'저쪽으로 갔을 때 내가 얻는 것은 뭐지? 잃는 것은 뭐지?'

스스로에 대한 압박 면접일 수도 있지만, 그렇게 좁혀 나가다 보면 그래도 조금이나마 나은 선택을 하게 된다. 벌어질 수 있는 여러 가지 시나리오를 나열한 다음 하나씩 쳐내는 거다.

최종 합격은 했는데, 이 회사 정말 다니고 싶니?

— 어… 꼭 그렇지는 않아.

남들 다 취직 준비하니까 불안해서 어디든 들어가려는 거 아냐?

— 응. 아마도.

방송 일을 하고 싶은데 언론고시는 자신 없는 거잖아?

— 응. 맞아. 어떻게 알았지?

그럼 그 회사 가면 안 되는 거 아냐?

— 아, 그러네.

취직보다는 방송 일이 더 하고 싶은 거지?

— 지금 내 마음은 그래.

그럼 네가 하고 싶은 거 해.

— 응. 그럴게.

내 일기장은 이런 질문과 대답으로 가득하다. 그래서 행복한 기록보다는 힘들고 처절한 기록들이 더 많긴 하지만….

내가 나로부터 빠져나와 질문을 던질 수 있는 비밀의 방. 어떤 방해도 받지 않고 온전히 나 자신과 마주할 수 있는 공간.

초등학교 4학년 때부터 지금까지 일기를 써온 이유다.

*

"'이거 네가 진짜 좋아하는 일이냐?'
스스로에게 계속 질문을 던진다."

활짝 열어둔 덕분에
찾아온 기회

보이스탤런트 선발대회

졸업을 앞둔 겨울, 지하철을 같이 타고 가던 선배가 먼저 내리면서 누가 버리고 간 신문을 건넸다. 심심할 테니 이거나 읽고 가라며. 우연히 신문 귀퉁이에 있는 조그만 박스 광고가 눈에 들어왔다.

〈보이스탤런트 선발대회〉

보이스? 목소리! 와, 어쩐지 이 대회만큼은 꼭 나가보고 싶었다. 계시처럼 느껴졌달까. 앗, 그런데 내일이 접수 마감! 부랴부랴 서류를 준비해서 거의 문 닫기 직전에 접수를 마쳤다.

보이스탤런트 선발대회는 목소리로 보여줄 수 있는 모든 재능을 자유롭게 뽐내는 무대였다. 케이블 방송이 막 출범하던 시기라 다양한 채널에서 방송 인력을 필요로 하던 때이기도 했다. 정해진 틀 없이 목소리로 할 수 있는 무엇이든 보여주면 되는 거였다.

전국에 숨어 있던 목소리 장인들이 다 모였다. 그중에 지금은 유명한 배우가 된 이서진 씨도 있었다. 노래, 성악, 연기, 시 낭송, 성대모사, 구연동화, 판소리 등 본선 무대는 정말 버라이어티했다.

고민 끝에 나는 가상의 라디오 프로그램을 설정해 일인 다역을 하기로 했다. 내 목소리 재능을 작정하고 다 보여주고 싶었다. 작가로 일해본 경험을 살려 직접 구성 대본을 썼다.

라디오 DJ가 되어 청취자 사연을 소개하며 진행 능력을 보여준다.
사연 속 남자친구에게 차인 여자를 연기하며 연기 실력을 보여준다.
청취자 분을 위로하는 노래를 띄운다.
"김현정의 '그녀와의 이별'."
그리고 노래를 부르며 노래 실력을 보여준다.

지금 생각하면 나도 참 부끄러움이라는 걸 몰랐다. 그때는 그저 내가 가진 모든 걸 다 보여주고 싶은 마음이 전부였다. 분명 어설프고 과했을 텐데… 심사위원들의 표정이 의외로 좋았다. 흐뭇한 표정의 심사위원들을 뒤로 하고 무대에서 내려왔다. 그리고 영예의 대상에 무려 "이용신!"이 호명되었다. 대상까지는 정말 기대하지 않았는데 어안이 벙벙했다.

다른 참가자들은 대부분 한 가지 특출난 장기만 펼쳤다. 나처럼 나름의 구성안을 짜서 혼자 북 치고 장구 치는 사람은 없었다. 심사위원들이 봤을 때는 노래, 연기, 멘트를 혼자 다 하니 신선했나 보다.

우연히 발견한 신문 광고. 시간이 촉박했지만, 일단 접수부터 하고 본 내 자신이 기특했다. 완벽히 준비된 때는 없다. 그냥 준비한 만큼 그 자리에서 도전하는 거다. 열망이 발동되면 준비도 초고속으로 할 수 있다는 걸 깨달았다.

말하지 않아도 아는 초코파이송

보이스탤런트 선발대회 대상 수상을 계기로 대학 졸업반 이용신의 인생에 새로운 길이 열렸다. 대회 음악감독님의 제안으로 CM송을 부를 기회가 생겼다. 그런데 그 곡이 무려 오리온 초코파이 CM송이었다.

"말하지 않아도 알아요. 눈빛만 보아도 알아."

"그저 바라보면. 마음속에 있다는 걸."

그전에도 이미 유명한 곡이었는데, 이번에 광고 캠페인을 새롭게 진행하면서 CM송도 리뉴얼하기로 했단다. 나뿐 아니라 여러 가수들의 버전을 광고주에게 제시했는데, 놀랍게도 최종적으로 내 버전이 채택되었다. 기교 없이 맑고 깨끗하게 불러서 광고 이미지와 잘 맞는다는 게 이유였다.

이렇게 유명한 곡을 솔로로 부르는 행운이 나 같은 신인에게 주어지다니! 당시 내가 부른 노래가 들어간 광고의 아역 모델이 지금은 국가대표 피겨스케이팅 선수가 된 차준환이다. 초코파이송은 CM송 가수 이용신의 대표곡이 되었다.

이후 본격적으로 CM송 코러스 일을 하기 시작했다. 이전까지는 오랜 기간 극소수의 인원이 이 분야에서 전문적으로 활동하고 있었는데, 수상 경력을 등에 업고 새로 진입한 건 내가 처음이었다.

얼떨결에 첫 녹음에서 홈런을 쳤지만 CM송 가수의 길은 쉽지 않았다. 노래자랑에 나가 마이크를 잡고 내 느낌대로 노래하는 것과는 차원이 달랐다. 밀폐된 녹음실에서 콘덴서 마이크를 통해 작은 호흡까지 전부 녹음하는 섬세한 작업이었다. 정확한 음정과 박자는 기본이고, 창법도 그때그때 바꿔야 하는 엄청난 테크닉을 요하는 일이기도 했다.

처음에는 코러스 선배들을 따라하며 눈치로 배웠다. 그때는 녹음비도 제대로 받지 못했다. 아니, 녹음비 얘기를 꺼낼 수조차 없었다. 진짜 배우는 입장이었으니까. 시켜주시는 것만으로도 감사했다. 녹음 횟수가 많아지면서 음정 잡는 법, 박자 타는 법, 소리 바꾸는 법에 대한 노하우가 나름대로 쌓여 갔다. 나도 프로가 되어 가고 있다는 느낌이 들었다. 그러자 다른 스튜디오에서도 점점 섭외가 들어오기 시작했다. 그리고 어느 순간부터 나도 내 녹음비를 당당히 말할 수 있게 되었다.

돈 안 받고 하면 아마추어, 돈 받고 하면 프로페셔널. 그 경계를 스스로 정했던 경험은 대단히 멋지고 짜릿했다.

멘트 하는 가수가 나타났다

내가 CM송을 시작했던 2000년대 초반에는 지금과 달리 광고에 사전 심의제도가 있었다. 온 에어 일정이 촉박한 경우, 성우를 섭외하기 전에 녹음실 직원이 가녹음을 해서 먼저 심의를 넣어놓고, 문제없이 통과가 되면 성우를 불러 녹음하는 게 일반적인 관행이었다. CM송은 보통 멘트보다 먼저 녹음하다 보니 때로 CM송 뒤에 따라붙는 "자세한 사항은 홈페이지를 참고하세요." 같은 멘트를 내가 심의용으로 따기도 했다.

한번은 심의용으로 녹음한 것을 어느 광고주가 듣고는 이 목소리가 맘에 든다고 해서 실제 광고로 나가게 됐다. 이후 노래도 되고 멘트도 되는 멀티플레이어가 나타났다는 소문이 돌았는지 광고 성우로 불려 다니는 일이 점점 많아졌다.

시기를 잘 만나기도 했다. 당시 광고계에서는 'TTL' 광고로 상징되는 내추럴, 나이브 무드가 강하게 불기 시작했다. 그전까지 광고 멘트는 무조건 힘 있게, 잘 들리게, 밝게 하는 소위 전형적인 성우 톤이 대세였다. 하지만 광고 시장의 트렌드는 완전히 달라지고 있었다. 광고 성우계에도 자연스럽게 세대 교체가 일어났다.

'일반인스럽게', '성우 같지 않게', '자연스럽게', '그러나 잘 들리게' 같은 디렉팅이 대세가 되었다. 예쁜 소리지만 성우처럼 다듬어지진 않았고, 일반인처럼 순수하지만 발음은 정확한 내 목소리를 찾는 녹음실이 급격히 많아졌다.

그렇게 CM송 가수로, 광고 성우로 정말 많은 시간을 마이크 앞에 설 수 있었다. 점차 녹음실 안이 녹음실 밖보다 더 편해지고, 마이크 앞에서의 긴장감도 사라졌다. 마이크와 내가 한 팀이 되어 도장 깨기를 하러 다니는 기분이랄까.

광고 음악 용어 중에 '쏭트(Song+Ment)'라는 게 있다. 제품명이나 카피에 리듬감을 가미해 노래처럼 표현하는 기법을 말한다. 멘트 잘 치는 '쏭가수'로 알려지면서 쏭트는 내 전문 분야가 되었다. 한 '단어'를 노래하듯, 랩하듯 자유자재로 표현하는 기술을 익힌 것이다.

내 목소리가 TV, 라디오, 극장 광고에서 나올 때의 기분이란. '목소리'로 하는 일을 하면서 살고 싶다는 어릴 적 내 바람이 이뤄졌다.

*

"완벽히 준비된 때는 없다.
그냥 준비한 만큼 그 자리에서 도전하는 거다."

✧

"해본 적은 없지만
시켜주시면 할 수 있습니다."

✧ ─────────────────────

게스트로 갔다가 MC 되는 법

자주 가던 광고 음악 녹음실에서 공군 창군 50주년 기념곡
'The Power of Airforce'의 가이드를 부르게 되었다. 본 녹음은 당시
최고의 발라드 가수였던 S씨가 할 예정이라고 했다. 록발라드풍의 곡
이었는데, 나는 CM송 코러스다 보니 가요 가이드는 할 일이 거의 없
던 터라 더 열정적으로 불렀다. 그런데 내 가이드를 들은 공군 측 관
계자가 이 가수가 마음에 든다고 그대로 갔으면 한다는 거다. 그렇게
엉겁결에 내 솔로에 공군 군악대 코러스가 입혀져 노래가 완성됐다.

지금껏 없었던 새로운 형태의 군가였기에, 국군방송에서 라디오

게스트 출연 요청이 왔다. 난생 처음 국방홍보원에 가게 됐다. 노래도 소개하고 별다른 실수 없이 즐겁게 방송을 마치고 나오는데, 담당 PD 님이 목소리도 전달력도 너무 좋다며 혹시 방송 진행 경험이 있냐고 물어보셨다.

사실 그전까지 리포터는 해봤지만, MC를 해본 적은 없었다. 하지만 신문방송학과를 간 이유는 방송인이 되고 싶어서였다. 그동안 녹음하러 다니느라 잠시 잊고 있던 방송인에 대한 꿈이 다시 꿈틀거렸다.

"해본 적은 없지만 시켜주시면 할 수 있습니다."

신방과 전공, 케이블TV 리포터, 강변가요제 인기상, 보이스탤런트 선발대회 대상, CM송 가수, 광고 성우 등의 경력을 바탕으로 MC에 도전하게 되었다. 개편과 맞물린 파격적인 발탁이었다. 그날 이후 난 2년간 전국 군부대를 돌아다니며 〈위문열차〉의 MC로 활약했다.

첫 녹화는 호락호락하지 않았다. 그렇게 많은 관객을 앞에 두고 진행을 해본 경험이 있어야 말이지. 게다가 여자라고는 나밖에 보이지 않는 군부대였다. 코러스와 댄서 언니들이 있기는 했지만 남자 MC와 단둘이 무대에 서 있는 시간이 더 많았다. 남자 MC는 나를 두고 무슨 말인지도 잘 모르겠는 성적인 농담을 관객들과 주고받았다. 요즘에는 있을 수도, 있어서도 안 되는 상황이지만, 그 시절에는 아무도 그런 말들을 불편해하지 않았다. 오직 나만 불편할 뿐. 불쾌하지만 저항할 수는 없는 위치. 내 자리는 딱 거기였다.

당장의 기분은 중요치 않다고 스스로 합리화했다. 박차고 나갈 게 아니라면 이 자리를 통해 내가 배울 수 있는 것들에 집중하기로 했다. MC를 보는 게 그만큼 즐겁고 보람찬 일이었기 때문이다.

〈위문열차〉 일지

〈위문열차〉 녹화를 마치고 집에 돌아오면 기억이 날아가기 전에 꼭 일지를 썼다. 오늘 했던 멘트 중 잘한 것, 잘 못한 것. 다음번에 꼭 써보고 싶은 재치 있는 멘트나 상황을 정리하는 팁 같은 것들을 기록했다. 방송이 나가고 난 뒤에도 모니터를 했다. 어떤 멘트가 편집되었는지, 내 멘트의 비중은 어느 정도 되는지 체크했다.

더 잘하고 싶었다. 이 일을 나보다 오래 해온 분들의 노하우를 내 것으로 만들고 싶었다.

〈위문열차〉는 일단 관객 반응이 너무 좋았다. 나 같은 신인 MC가 나와서 버벅거리면 보통은 싸늘해지기 마련인데 장병들은 언제나 너그러이 큰 환호와 호응을 보내줬다. 일주일에 녹화는 한 번이었지만, 나머지 6일이 이날을 위해 존재한다 싶을 정도로 나에게는 중요한 일정이었다. 매 녹화마다 조금씩 성장하는 내 모습을 확인하는 것도 작은 기쁨이었다.

새벽부터 국방홍보원에 무용단, 악단, 코러스, 연예사병, PD, 엔지니어, 구성 작가까지 다 모여서 전세버스를 타고 전국의 군부대로 출발했다. 당시 연예사병으로 복무 중이던 이훈, 서경석, 강성범, 하정우 등이 모두 〈위문열차〉 멤버였다. 매주 전후방 안 가리고 군부대를 2년간 돌다 보니 남자들하고 군대 얘기가 잘 통하게 됐다. 몇 사단이 어디에 있는지 딱딱 맞추는 여자가 신기하지 않았을까.

소규모 부대에서는 수백 명, 국군의 날 특집 방송 같은 경우에는 수천 명 앞에 섰다. 엄청난 경험이었다. 떨리기도 했지만, 점차 그 긴장마저도 익숙해져서 진행하는 게 마냥 즐거워졌다.

특히 가장 재미있었던 기억은 '펑크' 난 시간을 때웠을 때다. 전방이나 산악 지역에 녹화가 잡히면 초대 가수들은 교통체증 때문에 십중팔구 제때 못 왔다. 가수들이 도착하기 전까지 기다리는 시간은 오롯이 내 독무대였다. 소위 땜빵이었지만, 내 애창곡도 부르고, 장병을 무대 위로 올려서 노래자랑 무대를 진행하고 휴가증도 나눠주면서 시간 끄는 노하우들을 익혔다. 돌발 상황에 대처하는 법, 상황에 따라 관객을 리드하는 법 등도 그때그때 꼼꼼하게 일지에 기록하고, 반복해서 소리 내어 읽으며 숙달했다.

"시켜주시면 할 수 있습니다"라고 내뱉은 내 말에 책임을 지고 싶었다.

그리고 그 말은 현실이 되었다.

*

"더 잘하고 싶었다.
이 일을 나보다 오래 해온 분들의
노하우를 내 것으로 만들고 싶었다."

◇

포기도
용기다

◇ ─────────────────────────────

정식 성우, 나도 될 수 있을까?

노래하랴 멘트하랴 여러 녹음실로 불려 다니다 보니, 전문 성우 분들과 함께 녹음할 일도 종종 생겼다. 처음에는 너무너무 신기했다. '와! 외화에서 듣던 바로 그 목소리다!' TV와 라디오로 접하던 익숙한 목소리의 실제 인물을 만나보니 성우의 매력에 새롭게 눈을 뜨게 되었다.

물론 멘트 녹음을 하러 가면 나 역시 성우라고 불리고는 있었다. 하지만 어디까지나 비협회 성우, 즉 언더 성우(방송국 공채 출신이 아닌 비제도권에서 프리랜서로 일하는 성우)일 뿐이었다. 프로 성우들의 기량을 직접 확인해보니, 왜 '언더'라는 수식어가 따라붙는지 알게 되었다.

CM송을 부르다 광고 성우로도 일하기 시작한 지 얼마 지나지 않아 투니버스 성우 공채 모집 공고가 떴다.

'나도 정식 성우가 될 수 있을까?'

연기를 전공하지도 않았고, 무대 경험도 없고, 성우 시험을 따로 준비해본 적도 없지만, 내가 '성우'가 될 수 있는 가능성은 어느 정도인지 확인해보고 싶었다.

부랴부랴 준비해서 서류와 1차 실기 음성 파일을 제출했다. 과연 어디까지 가서 떨어질지를 확인하기 위한 도전이었다. 그런데 이럴 수가. 1차 합격자 명단에 내가 있는 거다.

기쁨도 잠시, 2차 실기 시험 날짜가 〈위문열차〉 녹화 날짜와 정확히 일치함을 확인했다. 많은 스태프가 한꺼번에 움직이는 프로그램의 특성상 날짜 변경은 절대 불가한 상황이었다. 게다가 난 MC를 맡은 지 얼마 되지도 않은 신인 아닌가. 성우 시험 때문에 방송 스케줄을 펑크 낼 수는 없는 노릇이었다. 그렇다고 이 기회를 이렇게 날려버리고 싶지도 않았다.

무작정 투니버스 본사로 찾아가 1층 데스크에 성우 공채 담당자를 만나고 싶다고 했다. 지금 생각해보면 무모하기 짝이 없는 행동인데, 너무 간절하니까 앞뒤 안 가리고 뭐라도 해야만 했다. 감사하게도 나를 만나러 내려와주신 담당자 분께 자초지종을 말씀드릴 수 있었다.

"현재 방송 일을 하고 있는데, 도저히 스케줄을 조정할 수가 없습니다. 하지만 녹화가 끝나자마자 달려 올 테니 제 순서를 가장 뒤로 미뤄주실 수 있을까요?"

말이 되는 소리니 당연히 안 된다고 하지. 너 같으면 어이구 그러세요, 하겠냐?

단호한 불가 답변을 듣고 난 후, 눈물을 머금고 2차 실기 시험을 포기하기로 결정했다. 최종 합격이 될지 안 될지도 모르는 상황에서 〈위문열차〉 녹화 펑크는 리스크가 너무 컸다.

간절한 두 가지 중 반드시 하나만을 선택하는 것. 지금 생각해도 가슴이 죄여오는 내 생애 가장 어려운 결정이었다.

포기하기 싫은 걸 포기해야 하는 게 이렇게 힘든 일이었구나.

포기해도 될 만한 것들만 포기하는 건 그저 쉬운 선택에 불과하다. 진짜 포기는 도저히 포기할 수 없는 것을 어쩔 수 없이 포기하는 것이다.

나는 이 일로 '포기'라는 단어가 가진 진중함과 무게를 깨닫게 되었다.

*

"진짜 포기는 도저히 포기할 수 없는 것을
어쩔 수 없이 포기하는 것이다."

부족함을
처절히 느낄 때

◇ ────────────

100퍼센트 라이브 방송, 홈쇼핑

보이스탤런트 선발대회 수상 이후 찾아온 기회가 또 다른 기회들로 연결되었다. 심사위원님 덕분에 CM송 가수의 길이 열렸고, 심의용 녹음을 하다 보니 성우로 일하게 됐고, 우연히 부른 공군 주제가의 가이드가 최종 보컬로 채택됐고, 국군방송에 게스트로 나갔다가 담당 PD의 눈에 띄어 공개 방송을 진행하는 MC가 됐다. 어디 이뿐만일까. 처음 찾아온 기회는 계속해서 또 다른 문을 열 수 있는 길을 열어주었다.

어느 날 녹음실에서 만난 클라이언트와 이런저런 얘기를 나누는

데, MC 일도 하고 있다고 말하자 홈쇼핑 진행도 가능하냐는 질문이 돌아왔다. 아는 업체가 홈쇼핑에 진출을 하는데 상품을 설명해줄 컨설턴트가 필요하다는 것이었다. 원래는 업체 직원이 나와서 쇼핑 호스트와 함께 제품 소개 및 자세한 설명을 해야 하는데 마땅한 사람이 없어서 수소문 중이라고 했다.

"홈쇼핑은 처음이긴 한데, 충분히 할 수 있습니다."

이때도 내 대답은 한결같았다. 홈쇼핑이 낯설기는 했지만 무대에 설 수 있는 일이라면, 게다가 카메라 앞에 설 수 있는 일이라면 꼭 한 번 경험해보고 싶었다. 그곳에도 내가 배울 게 분명 있을 거라 생각했다. 화장품 업체 E사의 담당자를 만나, 마치 이런 쪽 일을 여러 차례 해본 사람처럼 미팅을 했다.

상품 구성에 대한 자료를 받아 들고 방송 전까지 달달달 외웠다. 홈쇼핑은 방송 중에 대본을 보기가 어렵기 때문에 모든 내용을 머릿속에 넣어둬야 한다. 외우고 또 외운 덕에 쇼핑 호스트와 호흡도 잘 맞췄고 방송도 잘 끝냈다. 그러나 매출이 형편없었다. 홈쇼핑 주요 소비자층과 어울리지 않는 너무 젊은 브랜드였기 때문이었다.

업체 담당자와 인사를 나누고 스튜디오에서 나오려는데 한 분이 방송하는 거 잘 봤다면서 우리 회사와 일해볼 생각은 없냐고 물었다. 나에게 건넨 명함에는 '비달사순 홈쇼핑 사업부 ○○○'라고 적혀 있었다. 알고 보니 우리 바로 다음 편성이 비달사순이었는데, 방송 순서를 기다리면서 날 지켜본 것이었다. 실수만 하지 말자는 생각으로 정신없이 방송을 마쳤는데, 그 와중에 다른 업체 담당자가 나를 보고 있었을 줄이야.

현장에서 나도 모르는 사이 오디션이 이뤄진 거다. 영입 제안에 내가 뭐라고 대답했을지는 하하하, 당연히 "네!". 이후 비달사순의 뷰티 컨설턴트로 합류했다.

헤어롤, 드라이기 등 미용기기를 소개하다 보니 시연을 최대한 빠르고 리얼하게 보여주는 기술이 필요했다. 집에서 롤을 감았다 풀었다 연습하고 또 연습했다. 현장에서 스카우트된 거니 당신의 선택이 옳았다는 걸 보여주고 싶었다. 다행히 함께하는 쇼핑 호스트들도 "이분 오디오 너무 좋다." "방송 잘한다." 하는 반응을 보내주었다.

녹화도 편집도 없는 100퍼센트 라이브, 홈쇼핑으로의 길이 또 이렇게 열렸다.

까칠한 팀장님

<u>~~~~~~~~~</u>

그런데 문제는 예상치 못한 데 있었다. 날 스카우트한 팀장님은 알고 보니 업계에서도 까다롭기로 유명한 사람이었다. 처음 3개월간은 팀장님의 까칠한 태도와 직선적인 말투가 너무 불편했다. 방송을 마치면 현장에서 가차 없는 평가가 날아왔다.

"아까 왜 그렇게밖에 못 했어요?"
"용신 씨가 그 상황에서 이런 멘트를 쳤어야지."
"시연할 때 콜이 오르는데, 그렇게 하면 되겠어요?"

그전까지는 누군가에게 이토록 신랄한 평가를 대놓고 받은 적이 없었다. '난 너에게 이 정도 페이를 주는 사람이니까, 넌 다 감수해야 돼.' 딱 이런 느낌이었다. 아, 사회생활이 바로 이런 거구나.

일단 지적을 받으면 기분은 무조건 나쁘다. 그건 어쩔 수 없는데, 더 짜증나는 건 팀장님이 한 말 중에 틀린 말이 하나도 없다는 거였다. 실은 나도 다 느낀 부분이었다. 그렇다고 작은 실수 하나도 놓치지 않고 전부 다 잡아내서 뼈를 때리다니.

홈쇼핑은 사실 방송이 아니다. 장사다. 매출에 대한 압박은 점점 더 심해졌다. 이전까지는 CM송을 부르든, MC를 보든, 성우 일을 하든 뭔가 배워가는 위치에서 주변의 배려를 받아가며 일해왔다. 그러나 팀장님은 달랐다. 페이에 부합하는 성과를 내기를 원했다. 진짜 프로가 되기 위한 통과의례처럼 느껴졌다. 이 일을 계속해도 되는지, 내가 재능이 부족한 건 아닌지, 스스로를 다그쳤다.

'그래, 차라리 그냥 때려치울래?'
'이 일 안 한다고 당장 굶는 것도 아니잖아.'

이런 생각이 들 때면 팀장님의 명함을 다시 꺼내서 살펴봤다. 가능성만 보고 현장에서 나를 픽업한 사람이다. 나한테서 더 끌어내고 싶은 게 있으니 이렇게 혹독한 트레이닝을 시키는 거겠지? 이런 사람을 겪어내고 나면, 누구라도 상대할 수 있을 거야. 이 성격으로 그 자리까지 갔다면 분명히 뭔가 배울 게 있는 사람이다.

이 사람 마음에 들고 싶다. 정말 잘하고 싶다.

"죄송합니다."
"다음부터는 꼭 그렇게 할게요."
"제가 더 완벽하게 준비하겠습니다."

노선을 정하고 나니 무엇을 해야 할지가 보였다. 대본도 더 완벽하게 외우고, 헤어 제품에 대한 공부도 더 열심히 했다. 모니터링을 해보니 머리 색깔이 밝을수록 컬이 더 예쁘게 보이길래 머리도 완전히 금발로 염색해버렸다.

　효과는 매출로 나타났다. 내가 시연을 하면 실제로 콜이 수직으로 올라갔다. 역시, 소비자는 눈에 확연히 보이는 비포 앤 애프터가 있을 때 지갑을 열었다. 매출이 오르자 카메라와 생방송이 점점 편안해지기 시작했다. 어떤 멘트가 소비자의 마음에 불을 지르는지도 알게 되었다. 어느새 팀장님과 나는 상하관계가 아닌 파트너가 되어가고 있었다.

*

"기회는 계속해서
또 다른 문을 열 수 있는
길을 열어주었다."

◇

콤플렉스를
이겨내는 법

◇ ─────────────────────────

실물이 훨씬 낫네

"용신 씨는 실물이 훨씬 낫네."

내가 카메라 스태프들로부터 많이 들어온 말이다. 동시에 가장
듣기 싫었던 말이기도 하다.

홈쇼핑을 하면서 본격적으로 TV 화면에 나온 내 얼굴을 모니터
하게 되었다. 일단 실제 얼굴보다 더 이상하게 나오는 건 확실했다.
소위 화면발이 너무 안 받았다. 이 정도일 줄은 몰랐는데. 카메라에
비친 내 모습이 보기 싫었다.

'마이크발은 잘 받았는데, 이건 아니구나.'

옆에 선 쇼핑 호스트들과 나를 비교했다. 다들 어찌나 마르고 예쁜지. 외모에 대한 자신감은 바닥으로 곤두박질쳤다. 나도 명색이 뷰티 컨설턴트인데, 더 예쁘게 보이고 싶었다. 혹시 살을 빼면 좀 나아질까 싶어 극한의 다이어트를 시작했다. 집 앞 헬스장에 나가 쓰러지기 직전까지 유산소 운동을 하고, 독하게 하루 한 끼만 먹었다. 기어코 몸무게는 42킬로그램까지 내려갔다. 경락 마사지도 받고, 의상과 메이크업에도 더 많은 돈을 썼다.

내 목표는 오직 예뻐지는 거였다.

하지만 비교는 불만을 낳고 불만은 원망으로 이어졌다. 애초에 화면발을 잘 받게 태어났으면 이렇게 위축될 일도 없을 텐데. 이렇게 고생고생하며 다이어트 할 필요도 없을 텐데. 외모에 대한 스트레스는 애꿎은 부모님마저 탓하게 만들었다.

게다가 아무리 노력한들 내 바람과 달리 드라마틱한 변화는 일어나지 않았다. 듣고 싶은 말은 "와~ 예뻐졌다"였지만, 들리는 말은 "살이 왜 이렇게 빠졌어?"였다. 대책 없이 굶었더니 피부만 푸석해지고, 장염까지 생겼다.

화면 속의 '나'는 여전히 별로였다.

외모 콤플렉스와 목소리

자기 외모에 100퍼센트 만족하는 사람이 얼마나 있을까?

누구나 관심사가 온통 외모에 집중되는 시기가 있다. 외모 콤플렉스. 중2 때쯤 인생 최고치를 찍은 줄 알았는데, 20대 중반이 넘어 절정에 치달을 줄이야.

아마 TV에 얼굴이 나오지 않는 일만 계속했다면, 이렇게까지 크게 다가오지 않았을 거다. 그전까지만 해도 나는 내 멋에 사는 스타일이었다. '비교'가 시작되면서 자존감이 엉망이 되어버렸다. 아니, 원래부터 견고하지 않던 자존감이 드러났다. 열등감을 숨기기 위해 자존심만 비대해진 내 모습이 측은해 보였다.

'난 목소리를 내야 매력적인 사람인데, 한동안 입을 닫은 채 거울만 쳐다보고 있었구나.'

장점은 외면하고 단점만 확대해서 나 자신을 비난하고 미워했던 시간들이 후회됐다. 사실 "화면발이 안 받네"라는 말보다 더 많이 들은 말이 있었다.

"오디오가 진짜 좋네."
"목소리가 참 밝다."
"에너지가 넘친다."
"전달력이 정말 좋다."
"설명에 집중하게 만든다."

그동안 숱하게 들어온 칭찬이라 너무 당연하게 여겼던 말들.

나의 장점을 다시 돌아보고 나니, 외모에 대한 생각에도 변화가 일어났다.

'홈쇼핑의 주인공은 쇼핑 호스트도 컨설턴트도 아니다. 상품이다.'
'화면은 대부분 상품과 목소리로 채워진다. 시청자는, 고객은 생각보다 내 얼굴에 관심이 없다.'
'팀장님이 나를 발탁한 것도 내 목소리가 가진 전달력 때문이다.'
'졸업 후 거친 여러 직업을 관통하는 내 확실하고 분명한 재능은 바로 '목소리'다.'

정신이 번쩍 났다. 나의 재능과 장점은 독보적인 '목소리'라는 게 더 극명해지는 순간이었다. 부모님께 이런 목소리를 주셔서 감사하다고 절을 해도 모자랄 판에, 왜 나를 이렇게 낳으셨냐며 투덜거리기나 했다니.

얼굴도 작고, 키도 크고, 좋은 목소리까지 다 갖고 싶었니?
애야, 욕심이 과하다.

내 장점에 집중하고 나니, 카메라 앞에 서는 게 예전처럼 두렵지 않았다. 콤플렉스에 짓눌리지 않게 되니 멘트에 다시 자신감이 흘렀고, 매출도 늘었다.

내가 가장 잘할 수 있는 게 무엇인지 알아가려면, 내가 버리고 가야 할 것이 무엇인지도 알아가야 한다.

*

"장점은 외면하고 단점만 확대해서
나 자신을 비난하고 미워했던
시간들이 후회됐다."

어딘가에
소속된다는 것

우리 회사랑 계약할래요?

뷰티 컨설턴트로 여러 홈쇼핑을 돌아다니며 방송을 했다. 지금은 헤어 제품 방송이 그때만큼 자주 보이지 않지만, 당시에는 매출이 어느 정도 보장된 아이템이었기에 방송도 자주 잡혔다. 어느 날 C홈쇼핑 부장님으로부터 전화가 왔다.

"우리 회사 뷰티 전담 컨설턴트로 일해보지 않을래요?"

안정적인 직장과 고정 수입이 보장되는 매우 솔깃한 영입 제의였다. 고민할 시간을 달라고 하고, 진지하게 고민해보았다. 사실 내 목표는 컨설턴트가 아니라 쇼핑 호스트였다. 게스트에 머물고 싶지는 않았다. 쇼핑 호스트와 진행을 같이 하기는 하지만, "매진 임박입니다." "지금 바로 자동주문 전화 연결하세요!" 같은 주문 콜은 게스트가 할 수 없는 영역이었다. 지금은 경계가 많이 허물어진 듯한데, 당시만 해도 그런 분위기였다. 물론, 단지 그 멘트를 하고 싶어서만은 아니었다.

쇼핑 호스트라는 직업이 너무나 근사해 보였다. 지금은 옆에서 제품 설명과 시연을 하고 있지만 나도 언젠가는 저 자리에서 원숏을 받고 싶었다. 컨설턴트 역할로 실전 경험을 쌓다가, 쇼핑 호스트 공고가 나면 지원할 계획을 세우던 차에 이런 헷갈리게 만드는 제안이 온 것이다.

결정의 순간이 오면 난 언제나 일기장을 폈다. 그리고 글로 나 자신에게 압박 면접을 실시했다.

'내가 진짜로 원하는 게 뭐지?'
'네가 진짜로 되고 싶은 게 뭐냐고.'
'당장 눈앞의 돈이야? 아님 쇼핑 호스트라는 직업이야?'

답이 나왔다.

"부장님, 제안은 정말 감사한데 제가 하고 싶은 일이 따로 있어서
요."

제안을 정중히 거절하고 전화를 끊었는데, 왠지 모를 뿌듯함이
밀려왔다. 줄곧 "할 수 있습니다"를 외치던 내가 "하지 않겠습니다"
라고 말하고 있다.

많이 컸네, 나.

소속과 타이틀에 대한 갈망

대학 졸업 후 3년간 프리랜서로 일했다. CM송 가수, 광고
성우, 전문 MC, 홈쇼핑 게스트 등 우연 같은 필연들이 겹치면서 다양
한 직업을 갖게 되었다. 어렴풋이 꿈꿔왔던 '목소리'로 일하는 사람이
된 것이다. 해보고 싶은 일에 도전하며 바쁘게 산 소중한 시간이지만,
한편으로는 자잘한 상처들도 쌓였다.

나를 보호해줄 울타리가 없다는 것. 프리랜서의 비애였다.

특히 광고 성우 쪽은 텃세가 심했다. 프로 성우들과 광고 녹음을

하게 되면, 왠지 모를 불편한 분위기가 흘렀다. 성우 타이틀도 없는 '쏑가수'와 함께 작업하는 게 썩 내키지 않았을 만도 하다. 이해가 되기도 했다. 방송국 공채를 통과해 '성우'라는 타이틀을 얻는 게 결코 쉽지 않았을 테니 말이다.

당시 잘나가던 성우 분과 녹음을 마치고 대화를 나눈 적이 있다.

"오늘 만나 봬서 반가웠습니다. 정말 많이 배웠어요. 혹시 연락처 좀 알려주실 수 있을까요?"

"왜? 너 나중에 어디 시험 보면 나한테 도와 달라 그러려고?"

"어…"

그분은 결국 연락처를 안 알려주시고 자리를 뜨셨다. 꼭 그런 의도는 아니었는데… 자존심이 상하는 건 어쩔 수 없었다. 이래서 소속과 타이틀이 필요한 거구나.

녹음실에서도, 방송국에서도, 홈쇼핑에서도 나는 그냥 '용신 씨'로 불렸다. 난 정식 성우도, 정식 쇼핑 호스트도 아니고, 그와 유사한 일을 하는 프리랜서일 뿐이었다. 공인된 시험을 통과해야만 주어지는 '정식' 타이틀이 필요했다. 남들 앞에 내세울 수 있는 번듯한 직장이나 직업이 찍힌 명함이 갖고 싶었다.

그런 고민을 하던 중 쇼핑 호스트 공채 공고가 떴다. 배팅이 필요한 시점이었다. 팀장님께 사정을 말씀드리고 홈쇼핑 게스트 활동을 전부 그만두었다. 그리고 LG홈쇼핑(지금의 GS홈쇼핑) 쇼핑 호스트직에 지원서를 냈다.

계약직 인턴, 살벌한 서바이벌

'정식' 타이틀에 도전하지 않아도 먹고사는 데 문제는 없었을 거다. 하지만 내가 서 있고 싶은 곳은 게스트 자리가 아니라 호스트 자리였다. 내가 잘 해낼 수 있는 일이라는 확신이 있었고, 만약 입사하게 된다면 대기업 사원증을 목에 걸 수도 있다.

경쟁자들은 대부분 타사 쇼핑 호스트나 게스트, 아나운서 출신이었다. 단정한 그들의 비주얼과 비교해보니 확실히 나는 전형적인 방송인의 이미지가 아니었다. 얼굴부터 의상, 메이크업까지 나 혼자만 장르가 다른 오디션장에 와 있는 느낌이랄까.

그래도 결국 최종 면접까지 올라갔다. 사실상 장기자랑이 가미된 방송 실전 테스트였다. 난 내가 가장 잘할 수 있는 걸 보여주기로 했다. 강변가요제 인기상 수상 곡을 부르며 내 나름의 밝은 에너지를 발산했다. 목소리 덕분인지 에너지 덕분인지 쇼핑 호스트 최종 인턴 과정에 합격했다.

이후 6개월간의 피도 눈물도 없는 계약직 인턴 생활이 기다리고 있었지만, 마음은 이미 LG 사원이었다. 부모님도 너무나 기뻐하셨다. 'LG홈쇼핑 쇼핑 호스트'는 그야말로 번듯한 직장이고 직함이었다. 프리랜서 시절과 달리 이 명함만 있으면 구구절절 부연설명이 필요 없었다.

하지만 대기업의 채용 시스템은 살벌했다. 신입 인턴을 A, B, C, D조로 나누고 6개월간 실제 방송에 투입해 매출 경쟁을 시켰다. 꼴등을 한 조는 전원 탈락, 나머지만 정규직으로 전환되는 서바이벌 시스템이었다.

나는 정직원이 될 거라는 자신감이 있었다. 제품 공부에도 열을 올리며 누구보다 열심히 방송을 준비했다. 결코 놓칠 수 없는 기회였다. 스스로 모든 걸 준비해 가던 게스트 때와 달리 회사에서 메이크업도 해주고, 의상도 준비해주니 너무 편하고 행복했다.

오디오가 좋다는 칭찬은 그곳에서도 항상 나를 따라다녔다. 생방송 외에 성우 멘트를 녹음할 일이 생기면 매번 녹음실로 불려 갔다.

내가 이 회사에서 필요한 사람임을 인정받는 게 무척이나 뿌듯했다.

나만큼은 절대 떨어지지 않으리라는 확신은 인턴 생활 마지막 달까지 점점 커져갔다. 그리고 드디어 피 말리는 6개월간의 매출 경쟁의 결과가 나왔다.

D조, 전원 탈락.

내가 속한 D조의 매출이 꼴찌를 기록했다. 전원 탈락. 진짜? 정말? 도저히 믿을 수가 없었다. 그렇게 열심히 했는데, 칭찬도 많이 받았는데, 내가 탈락이라고?

소식을 전해주신 팀장님도 너무 아쉽다고 했지만, 그 안타까움이 결과를 뒤집을 수는 없었다. 지난 몇 달간 매일매일 LG홈쇼핑 쇼핑호스트로 살아갈 미래만 그렸던 내가 감당할 수 없는 현실이었다. 꿈꾸던 미래가 손에 잡힐 듯 다가왔다가 다시 빠져나갔기에 그 상실감은 이루 말할 수 없이 컸다.

돌이켜보면 분명 최종 탈락에 이른 다른 이유들이 있었을 거다. 나는 내 자신에게만 집중하느라 우리 조 전체를 돌아보지 않았다. 내 할 일만 잘하면 된다는 전형적인 프리랜서 마인드로 이른바 직장 생활이나 인간관계는 전혀 신경 쓰지 않았다. 선배들한테 조언을 구하지도 않고, 퇴근 시간 이후 술자리에 참석하지도 않았다. 오히려 그러는 게 공정한 경쟁이 아니라고 생각했다. 하지만 내 생각은 애당초 틀린 것이었다. 기회를 기회로 연결해준 것이 다 관계 아니었던가. 인간관계의 덕을 보고 있었으면서도 이를 놓치고 말았다.

그렇게 처참하게 탈락의 고배를 마시고 난 뒤에도 괜찮은 척을 했다. 알량한 자존심 때문이었다. 쇼핑 호스트, 스태프, 동기들이 다 모인 송별회에서도 쿨한 콘셉트를 유지하며 끝까지 울지 않았다. 위로와 덕담이 쏟아졌다. 하나도 괜찮지 않은 내가 "네네, 괜찮아요"라며 세상 쿨한 패배자 연기를 하고 있었다.

그때 촬영감독님 중 한 분이 넌지시 건넨 말이 기억에 남는다.

"용신 씨는 연기를 해봐요. 쇼핑 호스트보다는 좀 더 끼가 필요한 일에 잘 어울릴 거 같아."

'뭐지? 위로해주려고 아무 말이나 하시는 건가.'
그때는 그 말의 진의를 파악할 겨를이 없었다.

그렇게 멋있게 완전한 작별을 고하고 택시를 잡아 탔다. 문을 닫자마자 참았던 눈물이 터져 나왔다. 괜찮다고 말하면 정말 괜찮아질 줄 알았는데, 하나도 괜찮지 않았다. 문래동 LG홈쇼핑에서 낙성대 원룸까지 오는 내내 엉엉 울었다.

6개월간의 꿈같은 시간은 그렇게 비극적으로 막을 내렸다.

✳

"인간관계의 덕을 보고 있었으면서도
이를 놓치고 말았다."

◇

지나치게 절망하지 않는다면
기회는 반드시 찾아온다

◇ ————————————————————

멘탈 붕괴, 폐인 생활
〰〰〰〰〰〰〰〰〰

너무나 하고 싶던 일을 놓쳐버리니 멘탈이 한 방에 무너졌다. 아무것도 하고 싶지 않았다. 아니, 아무것도 하지 못할 만큼 완전히 방전되어 버렸다. 내 생애 가장 큰 시련이었다.

사람을 만나는 게 싫었다. 대기업 입사했다고 그렇게 사방팔방 자랑을 해놓았는데, 이걸 어떻게 설명해야 하나 창피하고 쪽팔렸다.

엄청난 패배감은 나를 순식간에 폐인으로 만들었다. 근 한 달간 아무도 만나지 않고, 제대로 먹지도 않았다. 낮에도 암막 커튼을 쳐놓고, 하루 종일 울거나 자거나 멍 때리기를 반복했다.

　'아, 사람이 이러다가 극단적인 선택을 하는 거구나.'

　하루 종일 누워 있다가 허리가 아파서 일어나 책상에 앉았는데, 일기장이 보였다. 아무 말이나 끼적이기라도 하자. '남들에게 보여지는 나'와 '있는 그대로의 나'가 만나야 이 사태가 해결될 것 같았다. 일기장에서만큼은 처절할 정도로 찌질해진 나를 남의 눈치 보지 않고 불러낼 수 있었다.

　어떤 날에는 인턴 탈락 이후 최선의 시나리오와 최악의 시나리오를 한번 써보았다. 그러고는 물었다.

　나는 어느 길을 갈 것인가?

　써놓은 시나리오의 길이가 답을 말해주고 있었다. 최악으로 치달았을 때의 상황 전개보다, 이 좌절을 극복하고 희망적으로 나아갔을 때의 길을 훨씬 길고 자세하게 써놓은 것이다.

　'내 진짜 속마음은 이 세상에서 사라지고 싶은 게 아니야. 비록 지금 너무 쪽팔리기는 하지만, 이 상황을 극복하고 또 다른 미래를 향

해 나아가고 싶다고.'

그럼 어떻게 다시 일어설 수 있을까?

딸이 뭔 일이라도 저지를까 봐 걱정하시던 엄마가 아는 목사님께 나와 전화 통화를 부탁하셨다. 어느 누구의 전화도 받지 않았는데 이 분의 전화는 받아야 할 것만 같았다. 목사님은 어설픈 위로 대신 여행을 다녀오라고 권하셨다. 아무도 널 모르는 곳으로 가서 마음을 정리해보라고. 문득 대학생 때 그렇게 가고 싶었지만 가지 못했던 유럽 배낭여행이 떠올랐다.

무작정 떠나야 할 이유

생애 처음으로 내 마음대로 시간표를 짠 여행. 가이드북을 읽어보며 각 나라마다 이거 하나씩만큼은 꼭 하기로 마음먹었다.

영국에서 뮤지컬 보기, 벨기에에서 초콜릿 마음껏 먹기, 네덜란드에서 온갖 치즈 먹어보기, 독일에서 각 주마다 하우스 맥주 마시기, 체코에서 오페라 보기, 스위스에서 번지점프하기, 이탈리아에서 가죽 제품 사기, 프랑스에서 각종 와인 마시기.

나라별 숙소도 그 나라로 넘어가기 하루 전이나, 도착해서야 부랴부랴 구했다. 사실 급작스럽게 배낭 하나 챙겨 가지고 간 여행이라 여행사를 끼고 예약을 할 시간도 없었다. 그렇게 매일매일 내가 세운 미션을 수행하다 보니, 하루하루가 그야말로 어드벤처였다.

가이드북을 나라별로 찢은 다음 그 나라를 떠날 때마다 하나씩 쓰레기통에 버렸다. 지나간 일에 대해 미련을 두지 않겠다는 상징적인 행동을 해보고 싶었다. 출발할 때 배낭에 함께 담아 왔던 열패감은 가이드북 꾸러미를 하나씩 버릴 때마다 조금씩 가벼워졌다.

특히 스위스에서 번지점프를 했을 때의 기억은 지금도 너무나 강렬히 남아 있다. 터질 듯한 심장박동, 옴짝달싹할 수 없는 두 발, 소리조차 지를 수 없는 무시무시한 속도감. 내 생애 끌어올 수 있는 용기의 최대치를 한 방에 소진해버린 경험이었다. 그래도 보상은 기대 이상이었다. 배짱 게이지가 한계치를 찍은 느낌이랄까. 단지 번지점프대에서 몸을 던진 것뿐인데, 신기하게도 처음 가보는 곳, 처음 만나는 사람, 처음 해보는 일에 대한 두려움이 사라졌다.

하지만 45일간의 여정이 끝나감에 따라 자연스레 두려움과 불안함이 슬슬 올라왔다.

'돌아가면 뭐 하지?'

'어디서부터 다시 시작해야 하지?'

'현실 도피의 시간도 이제 끝나가는구나.'

여행지에서 신나게 사진을 찍다가도 불현듯 복잡한 생각들이 머릿속을 헝클어뜨리면 기차, 카페, 박물관, 숙소… 어디든 앉아서 글을 썼다. 노트를 한 권 다 채우면 다른 도시에서 산 노트를 또 채웠다. 글을 쓰면 쓸수록 엉킨 실타래가 풀리듯 머릿속이 정리되어 갔다. 아예 풀 수 없을 지경으로 꼬였을 때는 과감하게 싹둑 잘라내 버렸다. 걱정한다고 해서 결과가 바뀌지 않을 문제들은 갖다 버리고, 내가 어느 정도 개입할 수 있는 부분에서 뭐라도 해보기로 했다.

'45일간 훌쩍 사라져버린 나를 기억해줄까? 다시 불러줄까?'

가을에 떠났던 한국은 돌아오니 겨울의 한복판이었다. 나의 현실과 맞물려서 그런지 인천공항의 공기는 더 차갑게 느껴졌다. 그렇게 하고 싶어하던 일을 할 수 없게 되고 나니, 홈쇼핑 일말고도 다른 일에 몇몇 다리를 걸쳐놓은 게 얼마나 다행스럽던지. 핸드폰을 뒤져보니 녹음실에서 CM송 가수로, 코러스로 일하며 만났던 음악감독님들, 광고 성우로 일하며 친분을 쌓았던 PD님들의 연락처가 눈에 들어왔다. 한 우물 파기가 애당초 적성에 안 맞았던 나의 선택들이 모여 또 다른 돌파구가 되어줄 것 같았다. 짐 정리를 하고 용기를 내서 친분이 있던 오디오 PD님과 녹음실에 연락을 돌렸다.

"저 그동안 여행 다녀왔어요. 이제 마음껏 불러주세요."

'이렇게 말했는데도 아무도 불러주지 않으면 어쩌지?' 불안하고 초조했다. 커다란 실패 이후 망가진 내 자신을 겨우 추슬렀지만 여전히 내 심장은 후들거리고 있었다.

하지만 노래도, 방송도, 성우 일도 다 내가 좋아서 시작한 일이다. 용기를 내야 했다. 다 팽개치고 떠나지 않았다면 이렇게 다시 시작해보고 싶다는 용기를 얻지 못했을 거다. 그놈의 알량한 자존심도 바닥까지 내려가 보니 아무것도 아님을 확인할 수 있었다. 나는 다시 시작해야 했고, 그렇게 하기로 마음먹었다.

다행스럽게도 연락을 돌린 분들을 통해 하나둘 일이 들어오기 시작했다. 누군가 나를 찾아준다는 게 어찌나 기쁘던지. 내 능력에 돈을 지불하겠다는 누군가가 있다는 게 이렇게 감사한 일이었다니. 모든 게 다 내 실력이라고 믿었던 자신이 민망스러워졌다. 인생의 성취는 '개인의 능력'과 '약간의 운'으로 결정되는 거 아니겠냐며 친구들 앞에서 나불대던 내가 부끄러워졌다.

일도 돈도 모두 관계에서 비롯된다. 손 내밀어준 누군가가 있었기에, 기꺼이 기회를 허락한 누군가가 있었기에 기회를 얻을 수 있던 거였다.

때로는 그 기회가 내 의지와 상관없이 날아가 버리기도 한다. 하지만 그게 최후의 기회는 아니다. 최선의 기회는 또 오게 되어 있다. 지나치게 오만하거나 지나치게 절망하지만 않는다면.

*

"손 내밀어준 누군가가 있었기에,
기꺼이 기회를 허락한 누군가가 있었기에
기회를 얻을 수 있던 거였다."

Chapter 2

기회를
가져다주는
기회

✧

또 떨어지면
어쩌지

✧ ────────────────────────────

투니버스가 성우를 뽑는다고?

여행을 마치고 돌아와 다시 일을 시작한 지 얼마 되지 않은 때였다. 녹음실에서 함께 작업하게 된 김장 성우가 투니버스 성우 공채 소식을 알려줬다.

"성우 시험을요? 공부를 제대로 한 적도 없고… 떨어질 것 같은데…."

"뭐 떨어질 수도 있지. 그런데 투니버스가 너처럼 노래 잘하는 사람을 필요로 해."

쇼핑 호스트에 전력투구하다 처참하게 실패한 경험 때문인지 선뜻 용기가 나지 않았다. 성우 시험은 오래 준비한 지망생들이 워낙 많은데, 난 제대로 된 연기 교육도 받은 적이 없었다. 또, 지금처럼 CM송 가수로, 광고 성우로 일해도 당장 생계에는 지장이 없었다.

무엇보다 나를 망설이게 하는 가장 큰 이유는 '또 떨어지면 어쩌지' 하는 불안감이었다. 실패를 또 다시 맛보는 게 너무 두려웠다. 지금껏 잘 끌어올린 자신감이 한 방에 와르르 무너지면 어떡하지. 게다가 난 2000년 투니버스 성우 공채에 응시했다가 최종 실기에 나타나지 않은 응시자 아닌가.

하지만 시험을 보고 싶다는 생각이 계속해서 내 심장을 두드렸다. 2000년에는 정말 아무 욕심 없이 응시했었는데, 3년이 지난 지금은 왜 이리 갈팡질팡하는 걸까?

"엄마! 나 성우 시험 볼까 말까? 떨어지면 너무 창피할 것 같은데…."
"떨어지면 뭐 어때? 성우가 못 되더라도 우리 딸 재주가 이렇게 많은데 무슨 걱정이야."

'그래, 맞아. 떨어지면 어때?'

'네가 뭔데 항상 다 붙을 거라고 기대해?'

'준비도 제대로 안 한 주제에 마음 다칠 걱정을 먼저 하는 거야?'

'시건방 떨지 말고 남은 기간 준비나 빡세게 해라.'

엄마의 응원에 힘입어 투니버스 성우 시험을 보기로 결정했다. 엄마는 그때나 지금이나 나에게 가장 큰 용기를 주는 존재다. 연기 수업이나 더빙 훈련을 받은 적은 없었지만, 지난 3년간 광고 녹음을 하면서 노래와 멘트에 감정을 담는 작업을 지속적으로 해왔으니, 그 감을 믿어보기로 했다. 난생 처음 읽어보는 애니메이션 대사들이었지만, 나름대로 캐릭터를 분석하고 연습, 또 연습을 거듭했다. 자주 가던 녹음실 엔지니어에게 부탁해 1차 실기 대본을 녹음했다.

녹음한 CD로 평가하는 1차 심사를 무사히 통과하고, 당도한 2차 실기 현장. 현장에서 나눠주는 대본을 들고 다섯 명씩 녹음실로 들어가서 즉석 연기를 펼쳤다. 다섯 명 중에 마지막인 것도 떨려 죽겠는데, 앞 응시자 모두가 소위 주인공 목소리로 연기에 임했다. 내가 아무리 만화를 모른다지만 저건 누가 봐도 주인공 대사였다. 게다가 나보다 연기를 못한다고 생각되는 사람은 단 한 명도 없었다. 성큼성큼 내 순서가 다가왔다. 나도 여러 지문 중에 한 가지를 선택해 마이크 앞에 서야만 했다.

'으아… 어쩌지… 앞 사람들과 똑같은 거 하면 어차피 비교될 게 뻔한데.'

'그렇다면 아예 비교할 수 없도록 만들어야겠다.'

재빨리 다른 지문들을 살폈다. 약간 맛이 간 여자 느낌이 물씬 풍기는 대사가 눈에 들어왔다. 이거다.

대본을 든 손이 하도 떨려서 두 손으로 단단히 잡고 마이크 앞에 섰다. 심장은 널뛰었지만 최대한 들키지 않으려고 떨리지 않는 척 연기를 했다. 그랬더니 다른 지문, 또 다른 지문… 계속 연기를 시키는 거다. 전혀 기대도 안 했는데 내레이션, 스팟까지 다 해볼 수 있었다.

결과는 2차도 합격. 3차 시험이 있었는지는 사실 기억이 가물가물한데 최종 면접에 대한 기억은 생생하다. '일반적인 연기와 목소리 연기의 차이점에 대해 말해보라'라는 질문에 그동안 일하면서 정리한 생각을 얘기했다. 그리고 이어진 장기자랑 타임. 이력서에 노래에 대한 경력을 많이 적은지라, 그간 불러온 CM송 중 '초코파이' '새우깡' 등 유명한 곡들을 불렀다. 약간 잘난 체하려고 불렀는데, 반응이 어찌나 시큰둥하던지.

"여기가 가수를 뽑는 데는 아니니까."

'뭐야? 그럼 왜 시킨 거지? 젠장, 떨어질 수도 있겠다….'

일단은 김칫국 드링킹은 하지 않기로. 난 그렇게 기대를 접고, 일상으로 돌아갔다.

생일날 걸려온 '031' 전화

당시 한 케이블TV에서 연예 뉴스 내레이션을 하고 있었다. 매일 오전 라이브로 진행되는 프로그램이었다. 그날도 방송을 마치고 집으로 돌아오는 버스를 탔다. 바로 그때, '031'로 시작되는 번호로 전화가 왔다.

'031이면 경기도? 경기도에서 올 전화가 없는데….'

아! 분당에 위치한 투니버스가 떠올랐다. 부리나케 전화를 받자마자 들려온 최종 합격 소식!!!

와, 게다가 오늘은 내 생일. 뭐 이런 최고의 선물이 다 있는 거지? 전화하신 분이 묻지도 않았는데 오늘이 내 생일이라며 감사하다고, 정말 감사하다고 큰 소리로 외쳤다. 버스 안의 승객들이 쳐다보거나 말거나 난 합격의 기쁨을 만끽했다.

성우 일을 하러 가서도 성우라고 당당하게 말하지 못했던 지난날들이 스쳐갔다. 노래하는 사람과 목소리로 연기하는 사람의 경계선을 들락날락하며 느껴야 했던 괴리감도 떠올랐다.

비협회 성우였던 내가 정식 성우 타이틀을 갖게 된 날, 2003년 2월 27일. 내 생애 최고의 생일 선물을 받은 날.

평생 기억할 테다. 나의 행복 지뢰.

*

'그래, 맞아. 떨어지면 어때?'

전속 성우의
일

튀지만 말아요

매년 선발하지 않는 공채이기에 기쁨이 더 컸다. 기본급도 높지 않고, 겨우 3년짜리 전속 계약이었지만, 어딘가에 소속된다는 게 마냥 기뻤다. 3년 후, 성우협회 소속으로 넘어가게 되면 각자도생의 길을 걷게 되겠지만, 그때까지 성우로서 제대로 된 훈련을 받을 수 있는 기회가 주어진 거다.

얼마 지나지 않아 다른 동기들 대부분이 성우학원에 다녔고, 기존 성우 선배님들로부터 개인 사사도 받았다는 걸 알게 되었다. 체계적인 연기 교육을 받거나 더빙을 연습해본 경험 없이 덜컥 합격한 건 나뿐인 것 같았다. 광고 성우로 일한 경험이 있었지만 연기력은 턱없이 부족했다. 짧은 광고 멘트와 정보를 전달하는 내레이션은 많이 해봐서 그나마 자신감이 있었는데, 애니메이션 더빙은 난생 처음이다 보니 갈 길을 몰라 헤매기 일쑤였다.

그러다 처음으로 대사가 세 줄 이상 되는 역할을 맡았던 날. 나름대로 열심히 시사하고 큰 실수 없이 더빙을 마쳤는데 담당 PD님이 이렇게 말했다.

"튀지 말랬잖아요."
"헉… 튀었나요…?"

막상 정식 성우가 되고 보니 듣기 좋고 예쁜 목소리라고 해서 애니메이션에 다 어울리는 건 아니었다. 투니버스에 입사했을 당시 내 목소리가 그랬다. 애니메이션에서 캐릭터와 목소리가 잘 붙으려면 소리를 밀도 있게 모아서 내야 하는데, 그런 발성 훈련이 전혀 안 되어 있었다. 긴 대사를 끌고 가기 위한 호흡도 받쳐주지 않았다. 그러다 보니 연기 톤이 오락가락하는 건 너무 당연했다.

더빙한 역할의 대사가 방송에 어떻게 나오는지 모니터하기 위해 본방 사수를 해봤다. 직접 보니 문제가 더 여실히 드러났다. 프로 성우들 사이에 그냥 목소리 예쁜 일반인 한 명이 끼어 녹음을 하고 있었다. 그제야 튀지만 말라는 게 무슨 소리인지를 알게 되었다.

그렇다고 내게 단점만 있는 건 아니었다. 내가 가진 장점도 분명히 있었다.

워낙 녹음실 환경에 익숙하다 보니 마이크 앞이 편안했다. 노래하면서 소리를 어떻게 바꾸고, 마이크를 어떻게 써야 하는지 실전을 통해 익혀온 터라 떨려서 NG를 내는 일은 거의 없었다. 자신의 장단점을 파악한 후에는 부족한 부분들을 빠르게 채워나가는 데 집중했다.

전속 나부랭이

전속 성우에게는 대사가 그리 많지 않은 온갖 조연, 엑스트라 역할이 주어진다. 투니버스는 3년으로 계약을 맺지만, 다른 방송국은 1년, 혹은 2년 계약을 맺기도 한다. 계약 기간이 끝나고 나면 방송국을 나와 한국 성우협회 소속의 프리랜서 성우가 되는 시스템이다.

성우 교육기관이 너무나 많은 요즘에는 성우 지망생 대부분이 지금 당장 더빙에 투입해도 큰 위화감이 없는 '완성형'의 상태로 회사에 들어온다. 연기는 물론이고 더빙 스킬도 갈고닦아 익숙해진 상태에서 성우가 된다. 그저 목소리가 듣기 좋다고 해서 성우가 되기는 힘든 시대가 된 것이다. 실제로 많은 성우들이 지금 시험을 친다면 나는 떨어질 거라고 말한다. 나 역시 그렇게 생각한다.

선배님들은 농담처럼 우리들을 '전속 나부랭이'라고 불렀다. 전속 성우 기간 동안 해야 하는 일들을 보면 왜 그렇게 부르는지 이해가 된다. 일반 회사원과 똑같이 출근하고 퇴근하며 더빙을 원활하게 진행하기 위한 잡다한 업무들을 한다. 내가 전속 생활을 했던 2003~2006년까지만 해도 비디오테이프로 시사를 하던 시절이라, 원본 영상이 담긴 테이프와 함께 녹음 대본을 서류봉투에 담아 선배님들께 차질 없이 전달하는 일이 지상 최대의 과제였다.

대본이 나오면 선배님들께 일일이 전화를 돌리고, 문자를 남기고, 녹음실에 물을 비치하고, 청소기를 돌리는 것도 전속의 몫이었다. 선배님들께 커피 서비스도 당연한 일. 저렇게 유명한 선배님에게 커피를 타드릴 수 있다는 것만으로도 기뻤다. 물론 지금은 성우들 개인에게 시사를 위한 동영상과 대본 파일이 전달되기 때문에 선배님들께 전달할 테이프가 제대로 녹화되었는지 하나하나 확인할 필요도 없고, 종이 걸림으로 복사기와 씨름할 일도 없다.

본 녹음 전에 미리 영상과 대본의 싱크를 맞춰보는 걸 '사전 시사'라고 부르는데, 이를 위한 시사실이 회사에 단 두 개뿐이었다. 열 명의 전속 성우가 나눠 써야 하다 보니 이를 차지하려는 경쟁도 꽤나 치열했다. 또 전속들에게는 시사용 비디오테이프도 넉넉하게 제공이 안 되었다. 게다가 성우 선배님이 오시면 하던 시사도 멈추고 곧장 자리를 비켜드려야 했으니 불편함이 이만저만 아니었다. 그래서 몰래 제 역할이 나오는 부분을 카피해 집으로 가져와서 시사하는 일도 종종 있었다.

성우는 대사의 양과 상관없이 한 편에 캐스팅이 되면 30분 분량에 대한 단가를 지급받는다. 나중에 주인공 사례라는 게 생기기는 했지만, 당시만 해도 백 마디를 한 주인공이나, 한 마디를 한 여자 1이나 똑같은 페이를 받았다. 입사 후 10년을 기준으로 A급, B급으로 나뉘어 정해진 페이를 받는 시스템이었다.

기본급에 수당으로 이뤄진 전속 성우 월급이 처음에는 빠듯했지만 연차가 올라감에 따라 단가도 올라가서, 3년 차 정도 되니 꽤나 넉넉한 급여를 받았다. 물론 캐스팅에 따라 동기들 간의 격차가 있었다. 많은 작품에 투입될수록 급여도 올랐으니 말이다. 내가 전속 기간 3년 내내 우리 기수의 회계를 맡았기 때문에 이런 부분은 잘 알고 있다.

전속 기간 중에는 원칙적으로 외부 녹음을 못 하게 되어 있었다. 하지만 이미 필드에서 녹음 일을 많이 하다 들어온 나로서는 업무 시간을 피해서 들어오는 일을 거절하기 어려웠다. 암암리에 묵인해주는 분위기이기도 했고. 다들 눈치껏 외부 일을 하고 있었다. 3년간의 전속 성우 생활이 끝나면 월급을 받을 수 없고, 결국 프리랜서 성우로 홀로서기를 해야 했기 때문에 어떤 식으로든 기회가 주어지면 마냥 거절하기 어려운 현실적 고민이 있었다.

이제는 투니버스, 대원, 대교, KBS, EBS 등 몇 군데 남지 않은 성우 공채 시험. 사실 이 '공채' 제도가 있는 나라도 우리나라밖에 없다고 한다. 가까운 나라 일본만 해도 일반 연예인처럼 프로덕션에서 키워내니 말이다. 우리나라에서도 이미 개그맨, 탤런트 공채는 다 사라졌는데 오직 성우 공채만 남아 있는 실정이다. 아마도 전속 성우를 뽑아 더빙물을 제작하고, 방송에 투입하는 것이 프리랜서 성우를 캐스팅하는 것보다 경제적으로 이익이 크기 때문에 아직 유지되고 있는 게 아닐까 싶다.

공중파의 외화 더빙 콘텐츠도 거의 다 사라지고, 애니메이션도 예전처럼 본방 사수하지 않는 시대다. 곧 감정 연기가 가능한 AI 음성 서비스도 출시될 예정이라고 하니 성우 공채 제도가 언제까지 지속될지 나 역시 궁금하다.

실현 가능한 작은 목표부터

투니버스에 들어가서 가장 뿌듯했던 순간을 꼽으라면 바로 처음 명함을 받았을 때다. 대학 졸업 이후 프리랜서 생활을 4, 5년쯤 이어가면서 스스로 명함을 만들어서 뿌리고 다녔었는데, 드디어 회사에서 파준 명함을 갖게 된 거다. 온미디어 소속 투니버스 성우. 지금은 CJ ENM 투니버스로 바뀌었지만.

쇼핑 호스트가 되고 싶어 부단히 노력한 지난날도 있었다. 이제와 돌이켜보면 그게 다 어딘가에 소속되고 싶다는 마음 때문이 아니었나 싶다. 막상 성우가 되고 보니, 왜 그토록 다른 곳을 전전하고 다녔을까, 이 일이야말로 나한테 딱 맞는 일이구나, 하는 생각이 들었다. 성우야말로 목소리로 할 수 있는 가장 대표적인 직업이니 말이다.

앞선 노래 경력이 공채 시험에 합격하는 데 많은 영향을 줬다는 걸 입사를 하고 나서 알게 되었다. 성우가 되기 전에도 몇 번 부른 적있던 애니메이션 주제가를 투니버스 입사 이후 본격적으로 부르기 시작했다. 언제부터인가 몇 곡을 불렀는지 세지 않게 되었지만, 각종 삽입곡들까지 합치면 지금까지 100여 곡 이상은 부르지 않았을까.

그렇지만 노래를 잘하는 건 성우로서 필요조건일 뿐이지 충분조건은 아니다. 제일 중요한 건 연기력이었다. 연기를 잘하는 성우가 되고 싶었다. 그러나 이건 너무 추상적이고 손에 잡히지 않는 목표였다. 연기력이 하루 이틀 사이에 느는 것도 아니니 말이다. 나에게는 실현 가능한 좀 더 구체적인 목표가 필요했다.

"NG를 내지 말자!"

난 이 목표에만 집중하기로 했다. 더빙은 개별 작업이 아니라 단체 작업이다. 많게는 스무 명 이상의 성우들이 한꺼번에 투입되다 보니 누군가 NG를 내면 당연히 전체 녹음 시간이 그만큼 늘어난다. 일부러 그러는 성우는 없을 테니 대놓고 면박을 주지는 않았지만, NG를 자주 내면 우스개로 '민폐 성우'라고 부르기도 했다. 그러니 한낱 전속 때문에 녹음 시간이 길어지면 뒤통수가 얼마나 따갑겠는가. "NG를 내지 말자!"라고 목표를 잡은 것도 그런 이유에서였다. 비록 연기력이 조금 부족할지언정 마이크 앞에서 긴장하지 않고 NG 없이 대사를 마치는 것에 주력했다.

성과는 서서히 드러났다. 여학생 1을 맡은 지 얼마 지나지 않아 이름과 대사가 몇 마디 있는 역할이 주어졌고, 1년 정도 지나니 주인공 옆에 붙어서 계속 출연하는 조연까지 연기하게 되었다. 나 스스로도 성장하고 있는 게 한눈에 보였다. 투니버스 PD뿐 아니라 다른 채널 PD(온게임넷, 바둑TV, 퀴니, 디지온 등)로부터도 NG가 거의 없고, 녹음을 빨리 끝내는 성우로 인정받기 시작했다.

그렇게 될 수 있었던 이유는 단 하나, 반복이었다.

일본 성우의 원래 대사와 입 모양을 수도 없이 반복해서 관찰했다. 발음이 씹혀서도 안 되고, 립노이즈가 들어가서도 안 되고, 무엇보다 절대적으로 '입 길이'를 정확하게 맞춰야만 NG가 나지 않는다. '옵티컬'이라고도 부르는 원작 성우의 대사를 살펴, 그 입 모양에 맞춰 번역된 대사를 딱 맞게 집어넣어야 하는 게 더빙이다.

1년 차 때는 비디오테이프에서 일본 성우 대사만 따로 MP3에 녹음해 이동하는 버스나 지하철에서 들으면서 다녔다. 일본어와 우리말은 어순이 같으니 일본 성우의 대사 속도를 귀로 익히기 위해서였다. 이어폰으로 들으면서 입으로는 대사를 중얼중얼 따라 했으니, 미친 사람으로 보였을지도. 눈으로 보고, 귀로 듣기를 반복하다 보니 대사도 따로 챙겨 볼 필요 없이 거의 다 외울 지경에 이르렀다.

맡은 역할에 줄을 치고, 시사하면서 여기는 어떻게 띄어 읽을지, 또 여기는 어떤 감정으로 읽을지 표시를 해두었다. 알아보기 쉽게 이모티콘 같은 것도 그려가면서 나만의 시사 방식을 만들어갔다.

52부작 시리즈를 들어간다고 치면 한 번에 30분짜리 4화 분량을 묶어서 녹음했다. 보통 한 편에 짧게는 40분, 길게는 1시간 반 정도 걸리니 4회분의 녹음을 끝내고 나면 온몸의 에너지가 다 소진된 느낌이 들었다. 특히 전속 때는 매번 맡는 캐릭터도 달라졌기 때문에, 매 녹음마다 각종 새로운 동물, 곤충, 생물, 직업군, 연령대에 대한 분석과 연습도 필요했다.

재미있는 일화도 있다. 〈날아라 호빵맨〉에서 강아지 '치즈' 역할을 맡았었는데 이게 의외로 쉽지 않았다. "왈왈." "멍멍." 등 개 소리로 희로애락을 전부 표현해야 했다. 어려웠지만 연습에 연습을 거듭하다 보니 끝내 "너 진짜 개 같다"라는 칭찬을 들을 수 있었다. 하하하, 어찌나 기쁘던지. 지금 생각해보면 전속이기에 누릴 수 있는 특별한 기회였다.

*

"그렇게 될 수 있었던 이유는
단 하나, 반복이었다."

〈달빛천사〉,
인생을 바꿀 기회가 찾아오다

첫 주연 오디션

입사 후 1년이 지나고 2년 차가 막 시작되는 무렵, 신동식 PD님으로부터 오디션 제안을 받았다. 건네받은 대본에는 '만월을 찾아서'라는 제목이 적혀 있었다. 바로 〈달빛천사〉의 원제목이었다.

주연 경험이 전혀 없는 전속 성우에게 주인공 역할 오디션이라니! 그때까지만 해도 전속 2년 차가 이런 대작의 주인공을 맡는 사례는 단 한 번도 없었으니 제안 자체만으로도 너무 파격이었다.

"네? 제가요?"

얼떨떨해하는 나를 두고 PD님은 차근차근 내용을 설명해주셨다. 노래가 너무나도 중요한 작품이다 보니 내가 오디션 후보에 올라간 듯했다. 내 노래 경력은 익히 알고 있으니 그 부분은 별로 걱정을 안 한다고 하셨다.

"다시 한번 말하는데 이거 노래 오디션 아니다. 연기 오디션이다."

차라리 노래 오디션이면 자신 있게 준비했을 텐데 연기 오디션이라니. 이렇게 비중이 큰 주인공을 맡기에는 사실 준비가 되어 있지 않은 상태였다. 그래도 흔치 않은 기회를 마냥 놓치고 싶지 않았다.

가수를 꿈꾸지만 목이 아픈 열두 살 루나. 당시 주인공 역할을 많이 맡고 계시던 선배님들의 연기를 참고해가며 열심히 오디션을 준비했다. 그리고 떨리는 마음으로 PD님에게 준비한 연기를 선보였다. 돌아온 피드백은, PD님의 땅이 꺼질 듯한 한숨 소리였다.

"하아… 캐릭터 분석을 어떻게 한 거니?"

목이 아프고 나약한 아이가 왜 그렇게 밝고 소리를 잘 지르냐는 거다. 아뿔싸, 그저 주인공을 맡는다는 생각에 들떠 마냥 예쁘고 귀여운 목소리로 열심히 연습을 해 간 것이다. 지금 생각해보면 참 아찔한 순간이다. 요즘같이 치열한 경쟁 오디션을 봤다면 아마 그 오디션을 끝으로 한동안 주인공 오디션을 보지 못했을 거다. 캐릭터 분석이 전혀 안 된 성우라니.

다행히 〈달빛천사〉는 노래라는 재능이 필수적인 작품이었기에 또 한 번의 기회가 주어졌다.

그래, 완전히 제로 베이스에서 다시 해보자.

워낙 노래의 비중이 큰 작품이다 보니 일본판의 경우 성우가 아니라 가수가 목소리 더빙을 맡았다. 나중에 알게 된 일이지만 그 친구는 가수로서 활동을 계속하고 싶어 〈만월을 찾아서〉의 성우를 어쩔 수 없이 맡았다고 한다. 그 친구에게도 나에게도 주인공으로서 첫 더빙. 일본판 성우는 열두 살이라고 보기 어려운 허스키한 발성으로 더빙해서 내가 따라 하기에는 적절치가 않았다. 원판 성우를 최대한 따라 하면 큰 무리는 없는데, 레퍼런스가 없어서 더 막막했다.

하는 수 없이 내가 가진 소리에서 '루나'의 목소리를 만들어야 했다. 기존 주인공들의 톤을 따라가서는 안 되는 이유는 1차 오디션 이후 명확해졌다. 내가 가지고 있는 원래 톤에서 연령대를 열두 살에 맞게 낮추고, 목이 아픈 상태를 표현하기 위해 힘을 살짝 빼고 음색에 공기를 많이 넣어 연습을 거듭했다.

그렇게 다시 보게 된 2차 오디션. PD님 마음에 쏙 들지는 않았지만 이만하면 맡길 만하다고 판단하셨는지,

"잘 안 되면 우리 둘 다 접시 물에 코 박고 죽자!"라며 합격 사인을 주셨다.

PD 입장에서도 전속 2년 차에게 장편 애니메이션의 주연을 맡기는 건 크나큰 모험이었을 거다. 일본 대중문화 전면 개방이 2004년 초반 즈음 이뤄지고, 골수팬들은 이미 원판으로 〈달빛천사〉를 다 본 상태였다. 급기야 성우 관련 커뮤니티에는 가상 캐스팅까지 올라와 있었다. 당연히 가상 캐스팅 명단에 내 이름은 없었다. 난 그저 듣보잡 신인에 불과했으니까.

겹겹이 부담감이 짓눌렀지만 한편으로는 어떻게 해서든 잘해내서 인정받고 싶다는 간절함도 샘솟았다. 다른 캐릭터도 아니고 노래를 부르는 가수 역할이니까. 연기만 보완한다면 정말 잘 해낼 자신이 있었다.

한배에 올라타다

~~~~~~~~~~

　나를 '달빛천사'로 캐스팅해주신 PD님과의 만남은 2000년으로 거슬러 올라간다. 2000년 첫 투니버스 공채 시험, 최종 시험에 못 가게 되어 스케줄 조정을 부탁드렸을 때 단호히 "노!"라고 말했던 분이 바로 신 PD님이었다.

　훗날 이야기를 들어보니 당시 PD님이 현장 안내를 하는 성우들에게 늦게 도착하는 사람이 있으면 들여보내라는 말씀을 하셨다고 한다. 당시 나는 "노!"를 곧이곧대로 "노!"로 받아들이고 시험장에 가지 않았다. 모든 시험과 면접에서 시간 엄수는 너무나 기본적인 의무이기 때문에 내 개인 사정을 양해해줄 이유가 당연히 없다고 생각했다. 그리고 3년이 지나 내가 다시 시험장에 나타난 것이다. 선배들 사이에서도 그때 안 나타났던 애가 이번에 다시 왔다는 말이 돌았다고 한다. 투니버스가, 〈달빛천사〉가, 신 PD님이 내 인생에 있어 우연이 아니라 필연의 연장선상에 있었는지도 모르겠다.

　성우들이 모두 모여 첫 더빙을 하는 날. 나에게도 신 PD님에게도 긴장되지만 피할 수 없는 평가의 자리였다. 첫 화에서 루나가 잠옷을 입고 손마이크를 한 채 노래하는 장면. 대사 연기를 하다가 무반주에 라이브로 노래를 해야 한다. 그것도 완벽하게 해내야 한다. 나를 캐스팅한 PD의 눈이 틀리지 않았다고, 나는 이 역할을 맡기에 합당하다고 증명해내야 한다. 그 어느 때보다 완벽한 녹음을 위해 연습하고 또 연습해서 만반의 준비를 했다. 수십 수백 번을 연습한 노래. 대사에서 노래로 녹음을 끊지 않고 NG 없이 쭉 이어갔다.

그렇게 무사히 첫 녹음을 마쳤다. 다행스럽게도 '아, 이런 작품이니까 이용신을 캐스팅했구나.' 하는 분위기가 만들어졌던 것 같다. 비록 이제 막 1년 차를 마친 전속이었지만 선배들에게 인정받았다는 생각에 기뻤다. 물론 나를 믿고 캐스팅해준 신 PD님의 믿음에 보답할 수 있게 되어서 더 기뻤다. 그 뒤로 '전속 성우' 이용신도 부담을 어느 정도 덜어내고 루나로, 풀문으로 변신할 수 있었다.

총 52편, 한 주에 4편씩 대략 4개월 동안 작업했던 것으로 기억한다. 매주 월요일 2시 녹음이었는데, 토요일부터 뭔가에 짓눌린 듯 가슴이 답답해지기 시작했다. 주연 대사 양에 대한 압박도 큰데, 전속이 맡아야 하는 단체신에도 합류해야 했다. 가령 풀문이 무대에서 노래를 하고 있으면 관객신에도 들어가 환호성을 질렀다. 보통 주연 성우들은 역할도 중복으로 잘 안 맡기고 떼신에도 당연히 투여되지 않지만, 전속 성우인 나는 이 모든 걸 해내야 했다. 당번인 날에는 녹음실에 물 떠놓기, 대본 정리, 청소까지 해야 했기에 뭐 하나 놓칠세라 전속과 주인공을 오가며 엄청나게 예민한 상태로 더빙을 이어나갔다.

그리고 기다리고 기다리던 첫 방영. 얼마 지나지 않아 폭발적인 반응이 터져 나왔다. 정확한 시청률은 기억나지 않지만 당시 투니버스 내부는 축제 분위기였다. 오프닝 곡을 비롯해 총 네 번에 걸쳐 발표된 엔딩 타이틀곡 뮤직비디오가 투니버스를 틀기만 하면 흘러나왔다. 내가 부른 노래가 TV에 나오다니. 그제야 가슴을 짓누르던 부담감이 사라지는 걸 느낄 수 있었다.

방영이 된 지 얼마 되지 않아 일간지에서 인터뷰를 할 정도였으니 당시 엄청난 화제가 된 건 분명하다. 하지만 그때는 SNS도 인터넷 커뮤니티도 지금처럼 발달해 있을 때가 아니어서, 작품이 인기가 있다는 사실만 알았을 뿐 나에 대한 인기는 그닥 체감하지 못했다.

투니버스데이, 전설의 떼창

그해 8월에 서울 시청 잔디밭광장에서 열린 SICAF(서울 국제 만화 애니메이션 페스티벌)에서 투니버스데이 무대에 오르게 되었다. 투니버스 애니메이션 주제가를 부른 가수들이 차례로 올라가 노래를 불렀는데, 내가 무려 마지막 순서였다. 아무래도 시청률순인 것 같았다. 저녁 행사였는데 뜨거운 여름날, 엄마 아빠 손을 잡고 온 아이들과 수많은 팬들이 오전부터 자리를 잡았다. 부담감에 걱정이 이

만저만 아니었다. 유명 가수들도 함께하는 행사여서 가수들의 무대가 끝나면 팬들도 따라서 빠져나가지 않을까 하는 우려도 있었다.

그리고 드디어 마지막 순서. 깜깜한 밤이 되어 오른 탓에 관객이 어느 정도 모였는지 전혀 감을 잡을 수가 없었는데, 맙소사 노래를 부르려 무대에 서보니 정말 사람이 끝도 없이 펼쳐져 있었다. 들리는 말로는 당시 약 2만 명이 잔디밭에 다닥다닥 모여 있었다고 하더라. 팬들을 직접 마주하고 난 후에야 인기를 실감할 수 있었다.

쿵쿵쿵쿵. 빠른 비트로 시작되는 〈달빛천사〉 오프닝 곡의 전주가 흘러나오자 정신을 못 차릴 정도로 큰 환호성이 터져나왔다.

"외로운 사람들의 마음을 열어줄 거야~."
"메마른 가슴속을 적셔줄 멜로디~."

오프닝 곡 첫 소절부터 관객들의 떼창 소리에 묻혀 내 목소리가 들리지 않았다. 장장 52회를 〈달빛천사〉와 함께해온 아이들이 내가 부른 노래의 전 가사를 다 외워 따라 부르고 있었다. 소름 돋는다는 게 바로 이런 거구나.

'이게 지금 무슨 일이지? 꿈이야? 현실이야?'

목소리는 예쁜데 가수가 되기는 어렵겠다는 말을 들었던 과거의 내가 생각났다. 잔뜩 주눅이 들어 오디션 자리를 빠져나왔던 내가 가수 '풀문'이 되어 이렇게 큰 무대에서 라이브를 하고 있다. 어마어마한 떼창과 환호의 한가운데에서. 만화보다 더 만화 같은 현실이었다.

투니버스데이를 시작으로 몇 차례 더 공연을 이어나갔다. 그때는 투니버스도 공연, 행사 분야에 투자를 많이 할 때였다. 내가 '노래하는 성우'로 이름을 알리게 된 데에는 〈달빛천사〉와 '투니버스데이'의 공이 크다. 지금도 여전히 그때 이야기를 하는 팬들을 만날 때가 있다.

"성우님, 저 투니버스데이 갔었어요!"

이제는 다 커서 직장을 다니고, 결혼도 한 달천이들. 잔디밭에서 목이 터져라 떼창을 하던 어린이들은 이렇게 다 어른이 되었다.

✳

"잔뜩 주눅이 들어 오디션 자리를
빠져나왔던 내가 가수 '풀문'이 되어
이렇게 큰 무대에서 라이브를 하고 있다."

✧

〈달빛천사〉가
내게 남긴 것

✧ ────────

팬과 안티팬

전속 성우에 불과했던 나는 〈달빛천사〉로 갑자기 유명 성우가 되었다. 다른 방송국도 비슷하겠지만 투니버스 역시 각 기수별로 주인공 성우를 어느 정도 키워주는 시스템이 있다. 나도 〈달빛천사〉 이후로 몇 차례 더 주인공 역할을 맡았다. 업계 용어로 '푸시'를 받았다고 할까. 주인공으로 한 작품을 끝내고 나면 성우의 실력도 업그레이드된다. "많이 하는 놈 못 따라간다"라는 말이 있을 정도로 더빙 실력에서는 반복에 의해 단단해지는 테크닉이 큰 비중을 차지하기 때문이다. 그러니 방송국 입장에서도 실력 있는 주인공 성우를 키워내기 위해 캐스팅에 있어 집중적으로 푸시를 할 수밖에 없다.

빠르게 유명 성우가 된 것이 그저 행복한 일만은 아니었다. 선배님들 앞에서도 동기들 사이에서도 눈치를 봐야 했다. 작은 행동 하나에도 많은 말들이 따라붙었다. 조심한다고 해도 떠도는 소문들을 막을 길은 없었다. 내가 당시 나의 선배였어도 나를 마냥 예쁘게 보지는 않았을 것 같다.

방송국 바깥 사정도 크게 다르지는 않았다. 〈달빛천사〉로 벼락 인기를 얻게 되면서 팬카페도 생겨났지만, 덩달아 나를 싫어하는 안티팬들도 생겨났다.

"이용신은 뭘 해도 루나다."

내가 캐스팅된 작품은 무조건 비판하고 보는 부류였다. 연기력에 대한 악플이 계속해서 올라왔다. 무플보다 악플이 낫다지만 막상 당해보면 꼭 그렇지만은 않다는 걸 알게 된다.

배우라면 비주얼이나 스타일이라도 다르게 표현할 수 있을 텐데, 목소리를 가지고 똑같다고 하다니. 게다가 내게 주어지는 역할이 죄다 10대 소녀인지라 목소리를 연령대에 따라 드라마틱하게 확확 바꾸기도 어려웠다. 익명의 안티팬들이 휘갈기는 글들은 아프게 나를 찔렀다. 비난의 글을 읽고 나면 자신감은 바닥을 쳤다. 아마 살면서 난생 처음 겪어보는 일이라 더 그랬나 보다.

PD님의 칭찬을 받을 때는 금방 기분이 좋아졌다가, 안티팬들의 비난 섞인 조롱의 글을 읽으면 금세 마음이 무너져 내렸다. '내가 이 직업을 잘 선택한 건가'에 대한 의문까지 품게 되었다. 당연히 일에 대한 몰입도도 떨어졌다. 이렇게 살 수는 없었다.

한동안 아예 인터넷 게시판을 안 보기로 결심했다. "피할 수 없다면 즐겨라"라는 말이 있지만 난 "즐기지 못할 바에는 피하라"라는 말을 선택했다.

나를 싫어하는 사람들의 비난을 위한 비난에 일희일비하지 않기로 했다. 평가에 휘둘릴 시기가 아니라 나 스스로 실력을 키우고 견고해져야 될 시기였다. 너무 빨리 주인공을 맡아 인기 성우가 되었으니 어느 정도는 감내해야 할 부분이라고 생각했다. 갓 2년 차에 주인공 역을 소화하랴, 일본 성우와 비교하며 뭘 해도 똑같다고 욕하는 안티팬들의 비난을 견뎌내랴, 몸도 마음도 많이 힘겨웠다.

그렇다. 〈달빛천사〉는 나에게 넘어야 할 큰 산이었다. '이용신'이라는 이름을 널리 각인시킨 고마운 작품이지만, 꼬리표처럼 달라붙은 '루나'와 '풀문'의 이미지는 어느 순간 내 딜레마가 되었다.

날 응원해주는 팬들이 없었다면 버티기 어려웠을지도 모르겠다. 지난 세월 살아오며 힘들 때는 일기를 쓰며 스스로를 위로하고, 가까이에서 격려해주는 가족이나 친구로부터 응원을 받으며 버텨왔다. 거기에 이제 누구보다 든든한 '팬'이 생겼다. 멋진 내 모습도 부족한 내 모습도 애정 어린 눈으로 바라봐주는 사람들.

나를 보며 성우에 대한 꿈을 꾸게 되었다는 친구들, 내 노래를 듣고 삶의 희망을 얻었다는 친구들이 팬레터와 이메일을 보냈다. 정성스레 쓴 편지를 읽고 고마운 마음에 답장을 해주기도 했다. 꼭 성우가 돼서 만나자고, 함께 녹음할 그날을 기대한다고.

그때 나에게 팬레터를 보내고 답장을 받았던 중학생 소녀가 몇 년 전 투니버스에 후배로 들어온 적이 있었다. 그 후배는 내게 받은 답장을 아직도 간직하고 있다며 보여줬다. 너무 신기하기도 하고 약간 아찔하기도 했다. 휴우~ 과거의 용신아, 답장 안 해줬으면 어쩔 뻔했니.

*

"이제 누구보다 든든한 '팬'이 생겼다.
멋진 내 모습도 부족한 내 모습도
애정 어린 눈으로 바라봐주는 사람들."

✧

목소리를
잃게 된다면

✧ ───────────────────────────────

성대 결절
〰〰〰

전속 성우 생활 3년을 정신 없이 모두 마치고 프리랜서 성우가 되어 바쁜 나날을 보냈다.

쉬지 않고 목을 조이고 풀고 하다 보니 기어코 목소리에 문제가 생기고 말았다. 특히 아이 목소리를 내기 위해 변성하는 과정에서 성대에 무리가 갔다. 후두를 조이는 아역을 많이 맡는 성우들에게 성대 결절은 통과 의례 같은 거였다. 성우 중에 아무리 소리를 질러도 멀쩡한 소위 '강철 성대'를 가진 분들도 있지만, 내 성대는 어느 시점부터 '유리'가 되어버렸다. 성우가 되기 전까지는 하이톤의 발성을 한

적이 없으니 어쩌면 당연한 결과이기도 했다. 성대에 생긴 폴립Polyp, 결절이 점점 커지면서 결정적인 순간에 목소리가 갈라지는 현상이 잦아졌다.

아마 지난 5, 6년간은 체력으로 버티지 않았을까 싶다. 그렇게 즐겁고 신나던 녹음이 두려워지기 시작했다. 소리를 내 마음대로 컨트롤 할 수 없으니, 넘치던 자신감도 한순간에 무너져 내렸다. 더는 고음을 낼 수도, 예쁜 목소리를 낼 수도 없는 걸까? 불안함은 부정적인 생각에 점점 더 불을 질렀다.

가장 두려웠던 건 업계에 '이용신 목소리가 망가졌다'라는 소문이 도는 거였다. 들키지 않으려고 그때그때 임시 방편으로 온갖 요법을 써봤다. 마이크를 최대한 활용해서 소리가 갈라지지 않게 만들기도 하고, 호흡을 조절해 진성으로 올라가지 않는 음을 진가성으로 대치하면서 녹음을 계속해나갔다. 살얼음판을 걷는 기분이었다. 여기서 상태가 더 악화되면, 정말 이 일을 그만두어야 할지도 모른다는 공포가 매일 밤 나를 짓눌렀다.

유명하다는 이비인후과를 찾아 다녔지만 끝내 한계에 다다르고 말았다. 그간 약을 너무 많이 먹은 탓에 내성이 생겨 약발도 잘 들지 않게 된 것이다. 그래서 결국 일을 조금씩 줄여나갔다. 의사 선생님은 완전한 휴식이 필요하다고 하셨지만 차마 "잠시 쉬겠습니다." 하고 말할 수는 없었다.

돌아오면 내 자리가 없을 것 같았다. 프리랜서 성우가 되고 나니 공백에 대한 두려움이 더 커졌다. 목이 아픈 것도 힘들었지만, 정신적으로 너무 우울하고 고통스러웠다. 이비인후과에서 의학적 치료도 계속 받고, 온갖 민간요법도 따라봤다. 도라지가루, 배즙, 오미자차 등 목에 좋다는 건 다 챙겨 먹었다. 성악가, 방송인, 교수 등 주변에 목을 주로 쓰는 사람들에게 정보를 구하기도 했다.

난 대체 왜 내 성대만큼은 절대 상하지 않을 거라고 믿었을까?

이런 깨달음이 왔을 때는 이미 목 상태가 안 좋아진 후였다. 늦었지만 지금이라도 뭐든 해야 했다. 발성에 대대적인 전환이 필요한 시점이 온 거다. 어떻게 편안하게 목소리를 낼 것인가가 가장 큰 과제가 되었다.

목소리는 몸 컨디션의 바로미터였다. 한창 힘으로, 목으로 소리를 만들어낼 때는 미처 그 생각을 하지 못했다. 목소리는 태어날 때부터 주어진 것이니 영원할 것이라 믿고 마구 혹사시켜온 지난날을 돌아보았다. 운동을 하지도, 음식을 조절하지도 않고 멋대로 살아온 내가 있었다.

　그때부터 자극적인 음식을 피하고, 요가와 조깅을 시작했다. 다이어트를 위해 무식하게 굶고 몸이 부서져라 웨이트를 한 적은 있었지만 오직 건강을 위해 운동한 것은 이때가 처음이었다. 이제 내겐 체력을 키우기 위한 지속적인 운동이 필요했다. 운동으로 몸의 온도를 높이고, 혈액 순환을 촉진시키는 게 발성에 엄청난 영향을 미친다는 것을 알게 되었다. 편안하고 듣기 좋은 목소리를 내기 위한 일종의 예열 작업이었다.

　그럼에도 불구하고 이때를 기점으로 일을 줄여 나가면서 꽤 오래도록 슬럼프를 겪었다. 하지만 성우 생활을 오래 지속하기 위해서는 어쩔 수 없는 선택이었다.

지친 나를 치유하는 시간

　목소리가 제대로 나오지 않는다는 사실은 성우에게 엄청난 충격이었다. 성대도 상태가 심각했지만 더 심각한 건 마음이었다. 꼿꼿하던 자신감은 온데간데없이 사라져버렸다. 녹음이 끝나면 차에 앉아 훌쩍훌쩍 울기도 했다.

'성대만 유리인 줄 알았더니 멘탈마저도 유리였니.'

너덜너덜해진 자신에게 따뜻한 말은 못 할망정 잔인한 말을 마구 쏟아내는 내가 무서웠다. 저 끝에 뭐가 있는지 알기 때문이었다.

비로소 깨달았다. 난 지금 남아 있는 에너지가 없는 번아웃 상태라는 걸. 단지 체력적인 문제만이 아니었다. 스크래치로 가득한 마음을 치유해야 했다. 에너지가 다 빠져나간 마음의 빈 자리를 채울 무언가를 떠올렸을 때 가장 먼저 생각난 게 심리상담 공부였다. 내가 아닌 다른 캐릭터를 연기해야 하는 직업을 가지고 일해오면서 막상 나 자신이 어떤 캐릭터인지는 너무 모르고 있었다. 인간의 심리를 공부하다 보면 자신을 파악하는 데도, 연기를 하는 데도 도움이 되지 않을까 싶었다.

이전에는 일을 많이 하고 돈을 많이 버는 게 인생의 최우선 과제였다. 그러다 보니 스케줄에 끌려다니며 살았다. 혹시나 그 시간에 녹음이 들어오면 어쩌지, 걱정하다 배우기를 포기한 것들에게 내 시간을 먼저 할애하기로 했다. 심리상담 공부가 잡힌 날에는 녹음도 잡지 않기로 했다. 내가 나에게 주어진 시간을 온전히 조절해보는 거다.

'끌려다니지 말고 이끌어보자.'

'나의 가치관에 따라 우선순위를 정할 수 있는 사람이 되자.'

심리상담은 내게 커다란 치유와 위로가 되어주었다. 내 안의 상처받은 나를 알아차리고 나니, 꼬이고 뒤틀렸던 척박한 마음 밭에도 점점 빛이 비추었다.

누군가를 위로하고 품어낼 만한 토양이 가꿔졌다고 느꼈을 때, 인터넷 방송을 시작했다. 매주 금요일마다 인터넷에서 생방송을 진행하며 팬들의 사연을 받아 읽어주고, 고민 상담도 해주었다. 돈과 상관없이 내 목소리로 누군가에게 위로가 되고 싶다는 생각을 처음으로 하게 되었다.

성대 결절은 나에게 감당할 수 없을 정도로 큰 좌절을 안겨줬지만, 하나님은 사랑하는 자녀에게 감당할 수 있을 만한 시험만을 허락하신다는 걸 깨닫게 된 시간이었다.

'맞아, 그렇지. 가수 오디션에서 떨어졌을 때도, 쇼핑 호스트 인턴에서 탈락했을 때도, 또 안티팬에게 비난을 받았을 때조차도 다 헤쳐 나왔잖아.'

천천히, 그렇지만 묵묵히 내가 걸어가던 길을 계속 걸어가다 보면 새로운 기회가 찾아올 것이라 믿었다.

여러 방면으로 부단히 노력한 덕분인지 차츰차츰 성대가 회복되었다. 2010년에는 콘서트를 열 수 있을 정도로 좋아졌다. 작은 공간이었지만 한국 성우 최초로 단독 라이브 콘서트를 열었다. 그 많은 곡의 가사를 다 외우고, 팬들과 울고 웃으며 함께 불렀다. 성우로서 진짜 열심히 살아온 지난 7년을 기념하는 자리이기도 했다.

무엇보다 팬들 앞에서 다시 노래할 수 있어서 너무나 행복했다.

*

"천천히, 그렇지만 묵묵히
내가 걸어가던 길을 계속 걸어가다 보면
새로운 기회가 찾아올 것이라 믿었다."

여러
우물 파기의 힘

다양한 경험으로 찾아낸 직업

　　나는 장점도 확실하고 단점도 확실한 사람이다. 여러모로 부족한 상태일지라도 기회가 찾아오길 간절히 바랐다. 기회가 주어졌을 때는 주저하지 않고 일단 할 수 있다고 말했다. 그리고 할 수 있는 만큼 최선을 다했다. 비록 결과가 성공적이지 않더라도 실패한 건 실패한 대로 다 경험치로 쌓였다. 그렇게 쌓인 실패의 경험치는 비슷한 실패를 맞닥뜨렸을 때 완충제 역할을 해줬다.

　　어떻게 보면 한 우물을 꾸준히 파는 대신 여러 우물을 얕게 파온 셈이다.

목소리로 할 수 있는 일이라면 묻지도 따지지도 않고 즐기며 해내다 보니 여기까지 오게 되었다. 노래를 좋아하던 내가 성우가 되어 노래를 부르게 될 줄이야.

목소리라는 재능을 믿고 여러 직업을 거쳐 성우라는 직업에 궁극적으로 도착했을 때, 드디어 포텐이 터졌다. 어쩌면 처음부터 성우를 목표로 삼지 않은 덕분에 쌓을 수 있었던 수많은 경험과 실패의 아픔이 쓸 만한 성우가 되는 데 도움을 주었을지도 모르겠다.

특히 여러 인물을 연기하는 성우의 특성상 축적해온 다양한 경험은 더 값지게 쓰였다. 가령 애니메이션 속에서 리포터, 기상 캐스터, 쇼핑 호스트 역할을 맡았을 때 그 누구보다 실감나게 연기할 수 있었다. 방송을 했던 커리어 때문인지 이런 역들은 언제나 내 차지였다. 그렇게 내가 잘할 수 있는 지점부터 칭찬이 쌓여갔고, 칭찬은 내게 자신감을 심어줬다. 버려도 될 만한 경험이 단 하나도 없는 직업이어서 성우가 더 좋았다.

대신 성우가 된 후로는 한눈을 팔지 않았다. 성우가 되고 나서야 이 직업이 내게 있어 최적의 직업임을 깨달았다. 비로소 내가 있어야 할 자리를 찾은 느낌이었다.

누구에게나 자신만의 때가 있다는 말이 무슨 의미인지 이제는 안다. 2000년에 첫 성우 시험에 합격했더라면 어쩜 지금의 이용신은 없을지도 모른다. 쇼핑 호스트도, MC도, CM송 가수도, 언더 성우도 다 못 해봤을 테니 말이다.

자신이 계획한 대로 딱딱 맞춰 나아가는 것만이 바람직한 것은 아니다. 가장 빠른 경로가 아닐지라도, 저만의 속도대로 자유롭게 경유지를 설정하며 목적지에 도착하는 것도 괜찮은 선택이다.

✳

"실패의 경험치는 비슷한 실패를
맞닥뜨렸을 때 완충제 역할을 해줬다."

나의 유일한
스트레스 해소법

★ 초등학교 5학년 때부터 간직해온 일기장들.

일기장 에게 ──

넌 진짜 나의 영원한 친구야. 난 너에게
나의 모든 것을 고백 했고 넌 그걸 꼭 감싸
주었고 난 너를 믿으니까 말야.
난 일기가 이리도 소중한 것인지는 정말
몰랐어. 그저 귀찮았었거든. 에이 미안해 잉~
그러나 이젠 절대 아니야
나의 스트레스가 일기, 너에게 다 해대고
나면 속이 시원하고 신경질을 가라 앉고
그리고 누가 사귀지 않아도 매일 매일
너를 만나고 싶고 너에게 뭐 가를 알려주고
싶다. 때로는 아름답지 않은 내용으로
널 곤상하게 할 때도 있지만 지금은
널 이렇게 감사해 하고 있잖나.
진짜 널 사랑해
내가 커서 이 일기를 읽으면 너 정말
흐뭇해 하겠지?
나의 둘도 없는 친구가 되줘서 정말 고마워
나 자신을 진정 이해해 주고 날 진짜
아는 사람은 너 밖에 없어
그래서 난 네가 소중 하단다.
진정으로 널 사랑해 I Love you

그런데 이튿날이 ○○는 말씀이 회장을 ...
해야지 어린나를 무슨 ○○을 하니크 그리...
○...
난 회장이 뭔가 하고 물어봤더니 가게 주○님...
자는 않으신다
히도 궁금히서 ○이시진을 갓로 드앗다니
사람○○에 탄 나는 ○이 있다 그것을 보던...
간 ○○이 ○ 치졌다.
'○나를 ○○ 다니 ○도 안돼'
니 가슴○○에서는 이 ○○이 좋은 거라고 있...
었다
엄마도 ○은 표정으로 "회장 ○이 회장...
○○다만 종일 ○○ 있었다.
나는 엄마 ○ 엄마 친구분들을 따라 ○이...
병원 영안실에 가서 ○을 피우고 ○을 했다
엄마는 ○을 치고 통곡을 하시며 "○○가
○아 ○무 고기 ○○고 ○○" 하고 ○○○
아빠도 "이차 ○아" 하며 눈물을 뚝뚝 떨...
이 뜨리셨다.
나도 ○○ 생각을 보니 눈물이 뚝뚝 떨어졌...
다.
나의 ○음 속에서는 ○○를 부르는 ○○ 짓음...

이 ○○○ 치고 있었다.
○○은 ○○가 회장 ○이다
도디어 하○가 지났다
○○는 모든 사람들의 인사를 받고 깨끗한 몸...
으로 에쁘게 입고 하늘 나라로 영원히 가기가
위히서 ○○ 회장터에 가서 ○인사를 했다
엄마도 내가 간다고 히○도 기억에 남아서...
저를 ○는다고 가지 못하게 하셨다
그러나 나는 ○○의 혼이○도 회장하는 저...
기의 모습을 지기보고 있는 나의 모습을...
보미는 좋아한 것 같아서 엄마에게 ○...
한 것인데 안또고 말았다
난 할 수 없이 집에서 ○○의 행동을 받았다
○○ ○○의 모든 것...
착하고 ○감은 때 없었던 ○○
공부도 같한 ○○
깔끔하던 ○○
말도 ○ 이쁘던 ○○
피아노도 잘 치던 ○○
노래도 잘하던 ○○
보리색을 좋아하던 ○○
꽃도 좋아하던 ○○

(5) 방학 동안 ○○이가 큰 슬픔을 겪었구나.

그러면서도 엄마를 위로하고 스스로를 ○○는 ○○이의 마음 가짐은

서를 보다도 생각이 깊구나.

○○이 무럭무럭, 그리고 ○○이가 이 슬픔을 얻고 더욱 하○간

가정이 되기를 선생님도 바란다.

○○의 언니 또한 그러긴 하늘나라에서 빛깼지?

————————— * **위** 얼굴도 이쁘던 언니. 피아노도 잘 치던 언니.
　　　　　　　　아래 고마워요, 선생님.

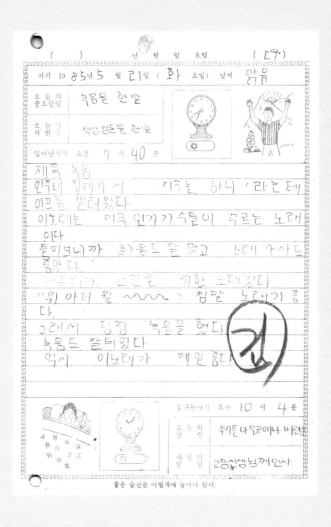

( )　　　년　월　일　요일　(ㄷ9˙)

서기 19 **85**년 **5**월 **21**일 (**화** 요일) 날씨 **맑음**

오늘의 중요한일	**녹음을 한일**
오늘의 착한일	**책상 정돈을 한일**

일어난시각 오전 **7**시 **40**분

제목 : 녹음
인근네 집에가서 지구는 하나 '라는데
이프를 빌려왔다.
이노래는 미국 인기가수들이 부르는 노래
이다
틀어보니까 화음도 잘 맞고 노래 가사도
좋았다
이프리카 난민을 위한 노래였다.
"위 아더 월 ~~~" 정말 노래가 좋
다.
그래서 당장 녹음을 했다
녹음도 잘 되었다.
역시 이노래가 제일 좋다

잠자는시각 오후 **10**시 **4**분

오늘의 반성	**휴지를 아무곳에나 버린일**
내일의 할일	**교장선생님께 인사.**

좋은 습관은 어릴적에 늘여야 한다.

─────────────★　'We are The World'를 듣고 일찍이 팝에 눈을 뜬 나.

4월 3일 ㅁㅇ일

제목: 명상의 시간.

6반 선생님께서 부르셔서, 쉬는 시간에 가 보았는
갈떴, 우리반 선생님이 안계셔서, 그냥 갔다
왔더니 선생님께서 "이 측음 네가 한기니?"
하고 물으셨다 "네" "어쩜 이렇게 잘했니
?" 하고 칭찬해 주셨다. "빌 명상의 시간
을 하게 할까 하는데" 하고 말씀 하셨다.
하시면서, 방과 후에 와 브라고 하셨다. 당번이
에서 일을 다 끝마친 후 집에 갈려고. 브드 까
지 나왔는데 생각이 났다. "다차앙" 리고 막
뛰어 갔다 가 브왔더니 선생님 께서
'오늘의 명상' 이라는 적 한쪽을 읽어 브라고 하
셨다. 읽어 브왔더니 몇가지 주의를 받기도
했다. 내일 한번 해 브라고도 하셨지만, 좀 긴
간이 된다. 네일, 만약 하게되면 잘 해버
겠다

────────── ★ 선생님들의 칭찬은 더 많이 읽고 녹음해보는 원동력이 되었다.

3월 28일 목요일

혼자서 집을 보았다.

하도 따분해서 공테이프에다 녹음을 했다.

이신희의 [에게] 심심하기 가은 9

3가지를 뽑았다.

눈이 밤나까 목소리가 달라졌다.

내 목소리는 녹음할때 목소리와 그냥

목소리가 굉장히 차이가 난다.

솔직히 말해서 녹음기 목소리가 더

에뻤다.

앞으로는 그냥 목소리도 녹음기 목소

리 처럼 예쁘고 귀엽게 만드도록

녹음해야지.

★ 녹음을 하면 내 목소리가 더 예쁘게 들린다! 유레카!!!

91년. 10월 그때 무렵.

가요제 예선을 했다. 나도 참가했다.

어느 분야에서건 인정받고 싶어서 였다.

특히. 친구와 와도 싶어서 였다.

'Greatest love of all'을 불렀다.

난 별로 훌륭하지 않았는데 마음이 너무 너무

착잡하다 말로는 했다.

내가. 세상을 탓하란다.

많만아니도 기분이 좋았다.

진짜 그렇게 되길 바라는 마음이 분명

있었지만 나 스스로 만족하지 않았다.

결과는 아직도 몰라....

나도 참 모르겠다.

이마는 분명하게 처리하자!

입마는 느슨하게!

너 이따하면 어서부터 데굴데굴....

숨소리와 호흡도 분명하게 표현한다.

하려고 했으면 자슴 자신있게 한다.

낮게 깔때만 과대하게!

맑으로 유지하면서!

처음잡과 처처럼이 늘어지듯이 되어나가며

힘을 조절할 수 있도록 하자!

소리서들 때!

다양한 입모양... beautiful 만들어주자

끝어올라는건 힘껏 데밀어

특히 연속으로 하지 말기!

반복될땐 반드시 과인물로 닦자!

★ 성우가 되고 본격적으로 시작한 애니메이션 더빙은 매번 좌절과 도전 과제를 안겨주었다.

내가 될지안한 어떻게 남을 웃기나!
웃기려면....
물 마시거나 침을 고이게 만들어라
죽어할점!

진짜로 웃기려도 몸이 반응하면 안됨
특히 제자리의 Age가 되버지면 안된다
내가 약한 부분!

웃어보면 나이가 물쩍 들어버린 우리
꼰 무거워버나.

남들보다 앞서가기 위해선 남들못하는
박수를 나도 해야만 안된다.

웃기려도 대사진들은 선방하게하자.
그럼 내가한대사인가도 억을밝하지
않다. 그리고 한줄은개로 이야기야
얘기가 자연스러워버진다.

진짜로 웃었을때는 여울거버다.

Bingo!!

내게 부족한 점은 무엇인가?

연기에 깊이가 없다...?

깊이라 깊이... 흠~.

답이란 없다. 대답하지도 못했어.

혼자 유배당한 듯이 고요막히 한발짝도

앞으로 나아가지 못하는 느낌.

그러나 막다지에 내가 빠진 늪이다.

너무 빨리 그라 아닌가?

혼들하지 않으면 남다같은 비누로

씻어내고 말것만 같다.

※ 등타점과 임팩트존.
이제 등타점과 돕는 수준에서 벗어나자.
임팩트존을 제안하자.
항상 같이 (대사)부과 돕게말한다.
한번에 맞추자!
기분 기분이되는 태크닉이다.
등타점+α
임팩트 임팩트존부터 대사나 맞지끝나신
안된다.

※ 처음에는 & 울때.

웃는 연기... 가볍하겠다.
일단 변함과 흐름이 흐름을 이뤄야한다.
아직은 잘 안되겠었다.
울다 맞거들면 버릇이니까!
목에서만 웃지말고 뱃심으로 웃을것.
허리 밑으로 하체부터 힘을 줄것.
입꼬리 부터 위로 끌어올린다는 느낌으로
연습 연습 또 연습!!

내 목소리를 활용하면 어렵다. 몇번 내 자신이 감당할수
있을 정도로 두어야했다. 모든도 그랬다. 집중력은 감정이
깊어야 하는데 사람 A여러분들 너무 믿지 않았다.
너무가 연기되지 않았구. 내가 방관해야다고 보냈!
나야기를 믿고 연기를 자랑할수 없는 사람은 길어야
보낸이다. 집세만은 않은 사람마 침착히 예상연출
을 해볼수 있다. '집중력' 는 항상 있어야것!
너무가 연기하지 않도록 주어! 표정은 희씨마 자랑하고
자연있게! 어디서나 집중하게! 그래서 부스안에서는
당당하게! 기쁘게 임하자~~ .

강조는 단어가 세번째이나 발음할때보다 당연히 인토
네이션을 다르게 해야한다. 긋도 할 터비!

끝까니!   끝까기   끝까~~아기   흥겨워

(feel)

감정변화

(왜그럴까?)   삼 끝 끝 끝 흥... 어머...   (ment)

(짜증해때끝났어!)

감정상이 느껴지네.

강약을 하다보면 이렇다. 내는 감이 그날보 같이
행복. "흥겨... 끝까" 하고 잠시 멍청 해버렸다

난 지금 막 태어난 신생아와 같다.
다시 태어났거다.
빼끗을 알았거다.
어떤 시간함 지쪽 일자라고 버려진 커다란
변화를 가져올수 있을거다.
왜냐구? 난 ○○이니까.
이무것도 X 상태이니까.
모든 가능성을 향해 가슴을 열어라!
하찮아보이는 것이라도 주터를 늦추지말아라!
그럼 그 모든것이 빼끗이된다.
소유가 궁하함을 해결해줄순 없지만. 끊임없는
변화를 가져다 줄수는 있다.
두 딸자 느끼마아버라.
나이 들어간다고 어떤 깨달음을 얻을수 있는것도
아니다. 내스스로 해야 할 일이다.
표현하라! Express myself!
어~ 정말 멋진 말이지?
때려바라도 좋고 차바라도 괜찮다.
스스로 대항할수 있는 항구를 열어놓을거다.

예전과 똑같은 생활이라면...
독립의 의미는 없다!

24시간을 낭비없이 쓰자!
내게 주어진 가장 소중한 재산은 바로 시간!
늦게 자더라도 12시까지 퇴실여 잠은 없다.
최근 노력없이는 되는게 없다.
꾸준하게 못하는 내 성격만 맞하면서
언제나 똑바로 하고 있을 순 없다.
이번이 끝을 보는거다.
조각에 투기하는건 맞을수 없다.
알았? 왜?
하루를 많이 활용로 쓰지면 기분
좋아진는거다. 심플하게 단결하게
살아보자꾸나!

새털 구름이 하늘가득
나를 불러 세운다.
아득함만이
머리에 가득할때
그리자는 날을
나님 두때러워
나를 비웃고
나도 꼭 거짓는
그건 나의 겉뜻일 뿐
변할것 없는 흙심으로
자그만 하산서 보고 있는
내 마음의 거리
하늘푸른 구름도
그들은 서로 더불어 사라지고
사라움의 거리를
내설의 실로 깨달아들때
한숨으로 누워
새털 구름잡아가는
노을를 본다.

누구에겐가 내 맘을 뚝 털어놓고
싶다. 붙잡고 울고싶다.
난 왜 별것도 아닌일에 우는걸까?
답답해서 퍽 그렇다.
난 너무나 강하다고 자신했는데.
겁도 없고 멍청하고....
하지만. 이젠 그렇지도 않다.
난 약해지긴 싫다.
정말 강인해 지고 싶다.
아니. 내 스스로 그래야만 한다고
구속하고 있는지도 모른다.

난 언제나 편안하지 못하고 내 자신을 꾸민다.
남을 위한 나를 만드는 걸까?
도대체 내 성격이 어떤지 정가 모르겠다.
나의 참 모습은 뭘까? 난 외성적인까? 내성적인가?
왜 분위기에 따라 네 자신을 내던지는거냐?
이러한 내 맘을 보고싶다. 분분여한 내 의지가 원망도차
모르겠다. 그저 분분여하다는 것만 안다.
난 혹시 딴연에게 척. 하는건 아닐까?
사라는 척. 자신있는 척. 예뻐척. 람박한 척.
난 진히 내막 참맘을 빗게 두렵다.
이 알면서도 자꾸 가라는 그 맘은 또 뭐지?

———————— ✱ 나의 참모습이 뭔지 몰라 혼란스러운 나.
〈캐릭캐릭 체인지〉의 아무가 했던 바로 그 고민이다.

죽이고 싶을 정도로 미워해 봐야 감정이 남나보다.
속에 없는 애써 지어보고.
아까 잠깐 내 인내심의 끝을 시험해봤다.
정말 잘 참고. 감정의 조절도 훌륭했다.
좀 성숙해진 느낌이랄까??
그냥 지켜버리면 그만이라고 생각했지만,
그건 현명한 방법은 아니고.
그냥 피하는 쉬운 방법일 뿐이지.
현명하지 못하면 피하고 도망가게 되어있다.
현명치 못한 인간 애먼 남에게서건
그건 내 탓이 아냐.
내 탓이 아닐까? 가끔한다.
어떤 행동을 했을 때 마음이 불편하다면
그건 내 탓이 아닐거다.
굳이 그걸 탓할 필요 없잖아?
좋은 감정만 느끼기에도 인생은 짧은데...
멀리 보고 폭! 썩어 나와도 날 싫어하는
사람도 있을거다. 그게 인정하면 좀 쉽든
있지만 어떤 방법으로든 득해가려들 것
같다. 차라리 꾸준한 노력을 계속하면
노력하지. 쉽진 않겠지만 변하려고 내가

안 수 있도록 노력하자!!

★　불편한 관계를 풀어가고자 노력 중이다.
　글쓰기는 내게 모난 곳을 둥글게 만드는 방법이기도 하다.

Chapter 3

성우가 되고 싶다고요?

성우라는
직업에 대해

◇ ──────────────────────────────────

노래하는 성우의 위치

인터뷰를 하다 보면 종종 이런 말을 듣는다.

"성우도 연예인이잖아요."

글쎄. 나는 내가 연예인이라고 생각해본 적이 없다. 성우들이 일하는 영역도 연예, 엔터테인먼트 업계에 국한되어 있지 않다. ARS를 비롯한 각종 안내 멘트나 네비게이션 멘트 녹음을 엔터업이라고 할수 있을까?

물론 애니메이션, 게임, 방송 등 대중들에게 즐거움을 제공하는 영역에 목소리를 제공하고 있지만, 얼굴이 드러나지 않기 때문에 소수 성우 관심러 분들을 제외하고는 어디를 가도 알아보는 사람이 없다. 연예인과 제작 스태프 그 중간 어딘가에 위치한 경계인이라는 느낌이다. 연예인이라고 하기에는 대우가 초라하고, 스태프라 하기에는 엄연히 팬층이 존재하기에 나는 성우를 예술가적 전문직이라고 본다.

나는 오히려 이런 면이 성우라는 직업의 장점 중 하나라고 생각한다. 얼굴이 알려지지 않은 덕분에 누리는 자유로움. 배우들은 드라마나 영화에 잠깐 단역으로 출연해도 '아, 저 사람 어디서 봤었지?' 하고 쳐다보게 되는데, 성우는 입을 열어 자신이 연기했던 캐릭터의 목소리를 들려줘야만 비로소 누군가의 기억을 깨운다.

가끔은 철저히 캐릭터 뒤에서 존재해야 하는 성우의 포지션에 서운함을 느낄 때도 있지만, 그렇기에 배우들은 선뜻 시도하지 못하는 비현실적 캐릭터들의 목소리를 만들어낼 수 있는 게 아닐까 싶다.

이렇게 예쁘고, 아름답고, 섹시하고, 귀엽고, 터프하고, 매력적인 비주얼의 캐릭터의 목소리를 만들어주는 직업이라니. 누군가의 추억 속에 목소리로 기억될 수 있는 사람. 목소리로 누군가를 어떤 시절로도 보내줄 수 있는 사람. 그 사람이 바로 성우다.

그래서 얼마 전부터 영문으로 내 직업을 소개할 때면 'Voice Actress'가 아니라 'Voice Artist'를 쓰기 시작했다. 연기자이며, 가수이며, 내레이터이며, 프리젠터이며 때론 마법사 역할도 해내는 사람.

성우가 연예인이라는 인식이 생기게 된 데 내가 기여한 바도 있지 않을까? 〈달빛천사〉를 통해 성우에 대한 대중의 인식이 바뀌었으니까. 그전까지 성우는 '목소리로 연기하는 사람'이었다. 풀문을 연기한 '성우 이용신'이 노래하는 성우의 대명사가 되며, 성우의 영역에 목소리뿐만 아니라 '노래'가 포함되기 시작했다. 물론 나 이전에도 작품 속에서 노래를 부른 성우들은 존재했다. 하지만 주인공의 역할이 '가수'이고 실제 음반을 발매하듯 여섯 곡을 부른 경우는 처음이었다.

실제로 〈달빛천사〉를 보며 성우를, 또 가수를 꿈꾸었다는 고백을 팬레터로, 댓글로 너무나 많이 접했다. 나를 통해 어린 친구들이 '성우는 캐릭터의 목소리 연기도 하고 노래도 함께 부를 수 있는 멋진 직업'이라는 인식을 갖게 되었다고 하니, 이보다 더 뿌듯한 일이 있을까.

내가 누군가에게 꿈을 심어주다니. 이것이야말로 정말 꿈같은 일이다.

본격 노래하는 성우 1호로서의 책임감. 그 기분 좋은 책임감 덕분에 성우 그 이상의 도전들을 용기 내서 할 수 있었는지도 모르겠다.

'성우나 한번 해볼까?'라고요?

이름이 많이 알려진 성우이다 보니 DM과 이메일로 "성우가 되고 싶은데 어떻게 해야 하나요?"라는 질문을 많이 받는다. 엄마가 자녀 대신 "우리 아이가 성우가 꿈이에요"라며 메일을 보내기도 하고, 지방이다 보니 성우 공부를 어디서 어떻게 시작해야 할지 모르겠다며 절박함에 무작정 물어보는 학생들도 있다. 일일이 다 응답할 수는 없지만, 정말 대답을 해줘야 할 것 같은 상황이면 답장을 보내기도 한다.

사실 검색창에 '성우 공채', '성우 시험', '성우 수업'만 처봐도 성우 준비에 대한 정보는 어렵지 않게 찾을 수 있다. 다양한 교육기관 및 관련 아카데미, 블로그들이 예전에 비해 정말 많아졌다. 방송국 성우 공채 모집 공고가 뜨기 무섭게 실기 대본의 영상과 대사 출처가 유튜브에 올라오는 시대다.

이렇게 검색이라는 일차적 노력조차 없이 "귀여운 소리를 잘 내요." "애니메이션 덕후예요." "성우들을 좋아해요." 그러니 "성우나 한번 해보려고요." 하는 식의 접근이라면 당장 접는 게 낫다. 그 세 가지 조건 중에 어느 하나도 충분조건은 아니기 때문이다. 여기에는 가장 중요한 조건 하나가 빠져 있다. 바로 '연기력'이다.

성우는 말 그대로 목소리 배우, 목소리로 연기하는 사람이다. 누군가의 목소리를 흉내 내는 성대모사만으로는 절대 성우가 될 수 없다. 연기력에 성대모사 능력까지 갖춘다면야 더할 나위 없겠지만, 단지 누군가와 목소리가 비슷하다는 건 오히려 성우가 되기 불리한 조건이다. 방송국 입장에서는 이미 존재하는 목소리를 굳이 또 뽑을 이유가 없기 때문이다.

우리나라에만 존재하는 방송국 공개채용은 이제 '성우' 직종에서만 그 명맥을 유지하고 있다. 탤런트, 개그맨 공채는 이제 다 사라져 과거의 추억이 된 지 오래다. MBC도 2004년 이후로는 아예 성우를 뽑지 않고 있다. 외화 더빙이 사라졌고, 애니메이션 더빙도 대폭 축소되었기에, 기존에 활동 중인 프리랜서 성우만으로노 방송 물량을 소화하는 데 무리가 없기 때문일 것이다.

공영방송의 특성상 글로벌 라디오 채널을 다수 운영하는 KBS, 어린이 대상 프로그램 위주인 투니버스, 대원, EBS, 대교는 1년에서 3년 간격으로 공채를 실시하고 있으나, 성우들 사이에서는 지금 당장 공채 제도가 없어진다고 해도 전혀 이상하지 않은 미디어 환경이라는 말이 오가기도 한다.

지망생 수에 비해 성우 시험에 합격할 수 있는 인원은 절대적으로 적다. 앞으로도 줄면 줄었지 늘어날 가능성은 없어 보인다. 내가 투니버스에 합격했던 2003년에는 여자 다섯 명을 뽑는데 1,000여 명이 지원했다. 평균 200 대 1의 경쟁률. 그런데 모집 인원이 줄어든 현재도 경쟁률은 그때와 크게 다르지 않다. 오히려 그동안 교육기관들이 늘어난 덕분에 지망생들의 실력이 상향평준화되어 실질적 경쟁률만 더 치열해졌다. 단순히 목소리가 좋다는 정도로 접근하기에는 너무나 시뻘건 레드오션인 셈이다.

더 큰 적은 따로 있다

게다가 이제는 AI 성우와도 경쟁해야 하는 시대가 도래했다. 텍스트만 입력하면 바로바로 목소리로 변환시켜주는 TTS^{Text To Speech}에 대한 대중의 접근도 쉬워졌다. AI 스피커도 사람의 명령에 예전파는 비교할 수 없을 정도로 신속하고 친근하게 반응한다. 예능 내레이션의 한 획을 그은 〈남녀탐구생활〉의 어색한 기계음 내레이션도 이제는 추억 속 유물이 되어버렸다. AI 성우는 현재 인간 성우인 나도 오래 들어봐야 눈치를 챌 수 있을 만큼 큰 기술적 도약을 이루었다. 단어와 단어의 연결이나 어미 처리가 초창기 TTS와는 비교할 수 없을 만큼 상당 부분 인간의 것에 가까워졌다.

아마도 감정이 들어가지 않는 정보 전달성 내레이션은 대부분 AI 성우가 대체할 것으로 예상된다. 가격 경쟁력 측면에서 도저히 싸움이 안 되기 때문이다. 결국 인간과 기계를 구분 짓는 기준은 '감정'이 될 것이다.

AI 성우에게서 감정 옵션까지 선택 가능한 시대가 올지도 모르겠다. 아니 지금도 이러한 기술 개발은 계속해서 이루어지고 있다. 딥페이크 기술의 발달과 함께 이 세상 어디에도 없는 얼굴이 만들어지고, 이런 아바타를 전면에 내세워 실제 얼굴을 공개하지 않고도 다양한 콘텐츠를 제작할 수 있는 시대가 왔다.

창작물에 대한 권리가 예전보다는 개선되었다고 하지만 아직 목소리에 대한 권리에는 따로 법적 규정이 없다. 목소리는 창작물을 표현하는 수단이지, 창작물 자체가 아니기에 저작권 보호를 받을 수 없다는 것이다. 이미 목소리가 대중들에게 알려진 성우들의 경우에는 음성 소스를 제공하며 저작권을 주장할 수 있지 않겠느냐는 의견도 있지만, 성우들 입장에서는 예측 가능한 부작용이 한두 가지가 아니다.

AI 챗봇 '이루다' 사태에서도 목격했듯이, 성우의 음성 소스에 어떤 텍스트를 집어넣어 목소리 파일로 변환시킬지 통제가 불가능하다. 대중들의 기억 속에 각인된 귀엽고 발랄한 캐릭터가 심한 욕설이나, 19금 대화를 거리낌 없이 내뱉는다면 이 캐릭터의 목소리를 창조한 성우는 과연 어떻게 대처할 수 있을까? 음성 소스에 대한 녹음비나 사용 건당 인센티브를 지급받으니 어디서 어떻게 쓰이든 상관없다고 말할 성우는 아마 없을 것이다. AI 더빙 기술의 발달과 동시에 목소리에 대한 권리를 지켜줄, 시대에 맞는 저작권법 적용이 함께 이뤄져야 할 때가 왔다.

＊

"내가 누군가에게 꿈을 심어주다니.
이것이야말로 정말 꿈같은 일이다."

✧

성우 10년 차,
강단에 서다

✧ ─────────────────────────────────

가르치는 자리에 선다는 것

성우 공채 모집 인원은 줄어드는 추세인데 아이러니하게도 성우 학원은 점점 늘어나고 있다. T/O는 줄고 지망생은 늘어나니 당연히 경쟁은 더욱 치열해졌다. 성우가 활동하는 미디어 환경은 급변하고 있고, 이제 AI 성우와 경쟁해야 하는 상황마저 찾아오는데 이게 어떻게 된 일일까?

기존의 성우들이 성우 일 이외의 생업으로 교육기관을 만들어 운영하고 있기 때문이다. 나보다 한참 후배 성우 중에도 학원을 차린 경우가 있다. 녹음 일이 예전만큼 많지 않고 기존 성우들 간의 경쟁도 심해졌기 때문에 어쩔 수 없는 선택이기도 하다. 분야를 가리지 않는 한국 사회의 사교육열도 한몫했고 말이다.

나는 사실 성우 지망생들을 가르치는 일에는 별로 관심이 없었다. 일단 내가 누군가를 가르칠 만한 위치에 있지 않다고 생각했다. 한 분야에서 전문가로서 인정받으려면 적어도 10년 이상은 세월을 온전히 바쳐야 한다는 나만의 기준이 있었다. 프리랜서 성우가 되면서부터 각종 아카데미에서 강의 요청을 받기는 했지만, 모두 다 정중히 고사했었다. 나도 아직 성장하기 바쁜데 누군가에게 노하우를 나눠줄 만한 여유가 없었기 때문이었다.

어느덧 10년 차를 넘어가면서 교수로서 강의를 맡기 어렵다면 특강이라도 해달라는 여러 교육기관의 요청에 성우 지망생들을 대상으로 처음 강의를 하게 되었다. 나를 바라보는 학생들의 눈빛을 보며 성우로서 살아온 나 자신을 되돌아보게 되었다. 노하우를 전달해주는 과정에서 오히려 스스로 깨닫고 배우는 바가 컸다. 더빙 테크닉 같은 정보만 전달하는 시간이 결코 아니었다. 내가 성우가 된 과정과 성우가 되고 난 이후의 노력들을 나누면서, 내 입에 주목하는 청중들의 감정과 반응을 살피고 자신의 언어를 필터링하는 방법들을 터득할 수 있었다.

앞만 보고 달려온 시간 사이에 잠시 쉼표를 찍으며 그동안 축적해온 노하우들을 정리하고 효과적으로 전달하는 일.

녹음실에서는 느낄 수 없는 또 다른 감동과 보람이 있었다. 이를 계기로 2019년도부터 한국예술원 성우학과 교수로 '애니메이션 캐릭터 만들기'라는 과목을 가르치고 있다.

각기 다른 스토리를 가진 학생들이 각자의 목소리로 성우가 되기 위해 노력하는 모습을 지켜보는 것은 나에게도 커다란 자극이 된다. 때로는 칭찬과 격려로, 때로는 따끔한 평가로 내가 성우로서 19년 동안 현장에서 익히고 깨달은 것들을 열정적으로 전달하고 있다. 강단에 서서 마이크만 잡으면 나도 모르게 에너지가 뿜어져 나온다. 학생들을 보면 파란만장했던 내 20대가 오버랩 되어서 그러는지도 모르겠다. 아… 벌써 세월이 이렇게 흘렀구나.

꼭 성우가 되어야만 성공한 것은 아니다

투니버스뿐만 아니라 모든 방송국들의 성우 공채 최종 합격자들의 실력은 예전에 비해 월등히 높아졌다. 과거와는 달리 성우 시험을 준비하는 과정에서 공유할 수 있는 정보도 많아졌고, 성우 공부에 참고할 만한 영상, 대본 자료도 어렵지 않게 구할 수 있게 되었기 때문이다. 내가 성우가 될 때만 해도 성우 공채 시험은 '목소리 연기자'로서 발전 가능성을 보고 '원석'을 뽑는 자리였는데, 지금은 이미 완성형으로 준비된 '보석'들이 들어온다.

목소리 능력치만으로는 비교가 어려워지니, 목소리 연기 이외의 장기들도 갖춰 놓아야 합격 가능성이 높아졌다. 노래 실력은 기본이 된 지 오래다. 유튜버, 래퍼, 뮤지컬 배우, 연극 배우 등 이색 이력을 가진 지망생들이 성우가 되려고 맹렬하게 준비 중이다. 다시 한번 말하게 되는데 그저 목소리가 특이하거나 좋은 정도로 성우가 될 수는 없다. 성우들끼리 "지금 같았으면 우리는 성우 시험에서 분명 떨어졌을 것"이라며 웃픈 농담을 할 정도로 지금 후배들의 실력은 상당하다. 합격의 문은 더 좁아졌다.

학생들을 가르치다 보니 우리 분야는 여타 시험이나 고시처럼 절대적 기준으로 평가가 불가능하다는 걸 더 뼈저리게 실감한다. 예술 분야가 으레 그렇듯 평가 기준이 지극히 주관적이다. 성우 공채는 결국 운이라는 말이 있을 정도다. 같은 사람일지라도 어느 해에는 그 방송국에 필요한 목소리여서 합격하는 경우가 있고, 또 어느 해에는 굳이 뽑지 않아도 되는 목소리여서 실력이 출중함에도 불합격하기도 한다. 운도 실력이라면 할 말은 없지만, 나 역시 투니버스에서 본격적으로 노래를 부를 수 있는 성우를 찾는 와중에 합격한 케이스다. 운 좋게 타이밍을 잘 맞춘 덕에 얻은 결과인 셈이다.

아무리 연기를 잘하고, 아무리 목소리가 좋을지라도 결과를 예측할 수 없기에 성우 지망생들이 더 힘들어하는지도 모르겠다. 하지만 성우 선배로서, 교수로서 이 정도면 1차는 통과하겠구나, 최종까지는 못 가겠구나, 하는 예측은 어느 정도 가능하다. 말인즉, 어디까지나 기본 실력이 뒷받침되었을 때 다음 단계를 이야기할 수 있다는 것이다.

모든 이들에게 이 바늘구멍을 통과하는 행운이 따르지는 않기에, 나는 성우 공부를 하면서 쌓은 실력으로 어디서나 인정받는 훌륭한 프레젠터가 되라고 말한다. 이제는 방송사에 입사하지 않고서도 목소리와 실력만 있으면 대중들에게 주목받고 인기와 돈을 얻을 수 있는 시대다. 방송사들조차 유튜브 채널의 수익화를 위해 적극 뛰어들고 있지 않은가.

성우 공채만을 목표로 하지 않아도 된다. 유튜브든 인스타그램이든 틱톡이든 어디서든 자신의 목소리 재능을 노출시켜 기회를 넓히기를 바란다. 우물을 최대한 여러 군데에 파두어야 얻어걸리는 게 생긴다. 학생들에게 늘 목소리로 할 수 있는 모든 카테고리 안에서 자유롭게 도전해보길 권하는 이유다.

좋은 목소리를 가졌다는 건, 목소리 전달력이 훌륭하다는 건, 어떤 직업을 갖더라도 유리한 조건이다. 어느 조직에 들어가게 되더라도 브리핑과 프레젠테이션을 잘 해낼 거고, 강연을 하게 되더라도 다른 강연자보다 주목받게 될 거다. 성우 그 너머도 생각해야 한다. 목소리로 할 수 있는 다양한 일에 도전하며 기회를 만들어가길 바란다. 다양한 매체를 넘나드는 광범위한 언어 표현 전문가가 필요한 시대다.

✳

"좋은 목소리를 가졌다는 건,
어떤 직업을 갖더라도 유리한 조건이다."

성우의
생존방법

'성우' 타이틀의 유효 기간

오디오 콘텐츠 시장의 성장으로 인해 TTS업계는 다양한 목소리 소스를 필요로 하는데, 비용 문제 때문인지 막상 오리지널 소스를 제공하는 건 '언더 성우'라고 불려온 성우협회 소속이 아닌 비협회 성우인 경우가 많다. 방송국 공채 출신의 제도권 성우들이 후학 양성과 생계를 위해 운영하는 아카데미와 교육기관에서 양산된 수많은 비협회 성우들이 상대적으로 저렴한 가격 경쟁력을 내세워 제도권 성우들의 일자리를 위협하는 아이러니한 상황이 된 것이다.

성우협회에 등록된 성우가 900명 가량 되지만, 이중 활발하게 활동하는 성우는 절반에도 못 미친다. 목소리는 나이가 들어도 변하지 않으니 평생 직업이라 얼마나 좋냐는 말은 전체 성우 중 극소수에게 만 해당되는 이야기다. 상황이 이렇다 보니 성우들은 대부분 성우 이후의 삶에 불안함을 안고 있다. 다수의 성우들이 소위 전성기에서 내려오면서 전에 비해 줄어드는 녹음 일로부터 상대적 박탈감을 이겨 내야 하고, 성우 본업 이외에 어떤 일로 생계를 유지할 것인지에 대해 고민해야 한다.

우스갯소리로 성우들끼리 "우리는 녹음 없을 때는 백수와 다를 게 없다"라고 말하기도 한다. 성우는 누군가가 선택해주지 않으면, 목소리라는 재능이 있어도 무언가를 창조할 수 없는 직업이다. 캐스팅 콜을 기다리는 연기자와 같다. 성우도 말 그대로 목소리로 연기를 하는 사람이기 때문이다. 촬영 현장에 나가 연기하는 것과 녹음실에 가서 녹음하는 것만 다를 뿐이다. 나도 성우라는 직업을 무척 사랑하지만, 이러한 '수동성' 때문에 힘들어한 시기가 있었다. 모든 직업에 장단점이 존재하듯이 성우 역시 개인적 자율성과 직업적 수동성 사이에서 균형을 잘 잡아야만 오래 일할 수 있다.

이제 진짜 100세 시대가 도래했다. 아니 자칫 잘못하면 110세라고 하지 않나. 어차피 직업 하나로 평생을 버틸 수 있는 시대가 아니다. 미래 사회를 예측하는 전문가들도 한 사람이 일생 동안 적어도

7, 8개의 직업을 거치게 될 것이라 말한다. 오직 '성우' 타이틀로 한 우물만 파며 인생을 마무리하는 건 불가능하다. 신인 성우가 계속 시장에 공급되고, 유사한 목소리의 성우가 나보다 낮은 단가로 시장에 진출하면 가격 경쟁력 측면에서도 불리해진다. 몇몇 성우들은 이런 고민에서 자유롭기도 할 테지만, '목소리'는 절대적으로 '대체 불가능한 재능'이 결코 아니다.

〈짱구는 못 말려〉에서 오래도록 짱구 '아빠' 역할을 맡았던 성우 분이 돌아가시고 곧장 역할을 대체할 성우 분이 투입되었지만, 일부 성우 마니아층을 제외하고는 이질감을 지적하는 이가 많지 않았다. 성우에게 그다지 관심이 없는 일반 대중들에게는 캐릭터의 이미지가 워낙 강하게 각인되어 있기에 이를 해치지 않는 정도의 목소리라면 처음에는 어색하더라도 시간이 흐름에 따라 자연히 받아들이는 것이다.

더 자유로운 성우가 되기 위해

실제로 방송사 정책에 따라 캐릭터의 성우를 바꾸는 경우도 빈번하다. 나 역시 내 의지와 상관없이 내가 맡았던 여러 역할들을 다른 성우에게 넘겨줘야만 했다. 의리상, 상도덕상 끝까지 거절하고 원래 성우가 녹음하도록 해야 하지 않느냐고 말할 수도 있겠지만, 방송국, PD, 녹음실과의 관계가 절대적으로 중요한 성우들이 이런 태도를 고집하는 건 거의 불가능에 가깝다. 나도 갑과의 관계를 좋게 유지하고 싶은 '을'의 입장을 이해하기 때문에 내 캐릭터를 다른 성우가 맡아서 더빙하는 것을 지켜볼 수밖에 없었다.

캐릭터에 목소리로 영혼을 불어넣는 멋진 직업이지만, 캐릭터 뒤에 있어야 세상으로부터 존재감을 인정받는 직업, 성우.

2019년 즈음 문득 주체적으로 능동적으로 나만의 콘텐츠를 만들어보고 싶다는 생각이 들었다. 언제 올지 모르는 섭외 연락을 기다리고, 오디션 결과를 마음 졸이며 기다리는 시간을 잉여 시간 마냥 그저 흘려보내고 싶지 않았다.

나에게는 '노래하는 성우'라는 브랜드가 있고, 성우가 되기 이전의 다양한 '방송인' 경력이 있고, 학교에서 학생들을 가르치는 '교수'라는 직업도 있고, 무대에서 마이크를 잡고 스피치를 해내는 '강연자' 이력도 있었다. 지난날의 일기를 들춰 보면 다사다난했던 경험과, 이를 통해 쌓은 장점이 더욱 여실히 드러났다. 이런 장점을 누군가 나를 찾아줄 때까지 썩혀 두고만 있어야 하다니… 아깝다는 생각이 들었다. 이럴 바에야 그냥 나 스스로 콘텐츠를 만들기로 결심했고 그렇게 유튜브를 한번 해보자고 용기를 냈다. 내 채널에서라면 노래, 연기, 진행 등 내가 하고 싶은 모든 것을 할 수 있으니까.

성우학과 학생들에게도 말한다. 달라진 시대에 걸맞는 새로운 성우 개념이 필요하다고. 성우 공채를 목표로 하되, '목소리'로 할 수 있는 다양한 콘텐츠를 직접 만들어 보라고. 유튜브, 인스타그램, 틱톡 등 어디서든 재미있는 콘텐츠만 만들어낸다면 주목받는 크리에이터가 될 수 있는 시대다. 이제 '성우'라는 타이틀을 갖춘 이보다 어마어마한 구독자를 거느린 목소리 크리에이터들의 영향력이 더 커졌다.

성대모사로 유명해진 유튜버들의 성공은 전문 성우처럼 우수한 발성이나 발음에서 기인한 게 아니다. 그들의 강점은 나만의 독보적인 콘텐츠를 가지고 있다는 것이다. 누군가가 써준 대본을 읽는 것에 오랜 기간 익숙해진 성우들이 직접 콘텐츠를 만든다? 결코 쉽지 않다. 하지만 앞으로는 직접 대본을 쓰고, 전문적인 목소리 테크닉을 사용해 텍스트를 콘텐츠로 바꿀 수 있는 능력을 갖춘 성우가 더 각광받을 것이다. 또 그런 성우가 살아남을 것이다.

*

"달라진 시대에 걸맞는
새로운 성우 개념이 필요하다."

✧

그동안 답하지
못했던 질문

✧ ————————————————————

성우 공부는 대체 어떻게 시작해야 하죠?

19년 동안 성우로 일하면서 가장 많이 받은 질문이다. 하지만 일일이 대답하지 못한 경우가 대부분이다. 쉽게 어느 학교에 가라, 어느 학원에 가라고 말할 수 없기 때문이다. 질문을 한 사람의 목소리를 듣거나 연기를 본 적도 없고, 어떤 상황 속에 놓여 있는지도 모르는데, 질문을 받았다는 이유만으로 이 중요한 문제의 답을 그렇게 가볍게 내놓을 수는 없는 노릇이다.

그러던 와중에 온라인 강의 플랫폼 클래스101로부터 성우 강의 제안이 들어왔다. 2020년 초반부터 시작된 코로나가 1년이 넘게 지속된 시점이었다.

　나 역시 성우 수업은 반드시 목소리 연기를 직접 들어보고 피드백을 주고받아야만 한다는 고정관념을 갖고 있었다. 하지만 코로나로 인해 어쩔 수 없이 몇 차례 비대면 수업을 진행하고 난 뒤 생각이 바뀌기 시작했다. 오프라인 강의실에서 마스크를 쓴 채로 학생들의 목소리 연기를 듣는 것보다 각자의 공간에서 마스크 없이 카메라를 통해 입 모양과 표정을 확인하며 목소리를 듣는 것이 성우 수업에는 오히려 더 효과적이었다. 마스크를 쓰고 있으면 보이는 건 눈뿐이고 목소리 전달도 제대로 되지 않기 때문이다. 호흡도 발음도 방해를 받을 수밖에 없다.

　온라인 성우 강의. 승산이 있어 보였다. 마침 코로나와 함께 온라인 강의 시장은 엄청나게 성장하고 있었다. 단, 구체적인 타깃 설정과 전략이 필요했다. 성우 공채를 준비하는 지망생들은 이미 오프라인 교육기관을 다니고 있다. 학원과 학교에서 일대일 피드백이 이루어지고 있다. 이들이 온라인 클래스를 또 수강해야 할 이유가 있을까. 대상을 성우 지망생으로 한정 지으면 클래스 확장성이 급격히 떨어질 게 불 보듯 뻔했다.

　그동안 내가 받아온 질문이 떠올랐다. 그리고 각자의 사정들도.

"성우가 되고 싶은데 어디서부터 시작해야 할지 모르겠어요."

"여기는 지방이라 성우 학원이 없어요."

"서울까지 가려니 확신도 없고 부모님 설득도 힘들어요."

"제 고민에 대한 성우님의 조언을 듣고 싶어요."

그래. 그동안 답해주지 못했던 친구들에게 답을 줄 때가 왔다.

성우 최초 온라인 클래스 오픈

성우 학원은 어느 동네에나 있는 영어 학원과는 다르다. 특별한 관심과 재능이 있어야 문을 두드리는 분야다. 애니메이션을 좋아하거나, 성우들한테 관심이 많아서 시작할 수는 있겠지만, 성우 공채 합격이라는 결과로 이어지는 경우는 그중 지극히 소수다. 그렇기에 관심과 흥미만으로 관련 교육기관을 찾아가 적지 않은 비용을 지불하고 시간을 투자하기에는 리스크가 너무 크다. 대부분 10대, 20대 청년들이기에 그 부담은 더 크다.

게다가 교육기관은 서울에만 편중되어 있다. 지역에 사는 이들이 도전조차 해보지 못한다면 그것도 일종의 차별 아닐까. 온라인상에서 목소리 연기의 기본을 다지고, 정말 나에게 흥미를 뛰어넘어 가능성이 있는지 테스트해볼 만한 커리큘럼이 있다면 어떨까. 지역, 환경, 성별, 연령, 학력과 관계없이 누구나 목소리 연기의 기초를 익히고, 그 다음을 선택할 수 있도록 바로미터가 되어주는 강의. 바로 이거다.

완강 후 본격적으로 성우 공채를 준비하고자 한다면, 오프라인 교육기관의 문을 두드리게 될 것이다. 그렇다고 성우 지망생만이 대상은 아니니, 성우 시험에는 관심이 없지만 목소리로 메시지를 잘 전달하고자 하는 이들에게도 실질적인 도움을 줄 수 있도록 커리큘럼을 짜기로 했다. 지금껏 어떤 성우도 도전하지 않았던 온라인 성우 클래스. 맛보기로 들려주는 강의와는 차원이 다른 유료 강의 서비스다.

목소리 연기에 대한 기본 과정을 제시하려면 나부터 엄청난 공부가 필요했다. 연기, 성우, 말하기 관련 책들을 쌓아놓고 읽기 시작했다. 온라인상의 블로그나 뉴스, 칼럼 등도 열심히 탐독했다. 밑줄을 치고 핵심을 파악하고, 공통점과 차이점을 분석하고, 여기에 나의 실제 경험과 생각을 대입했다. 이 과정만 몇 달이 걸렸다. 강의안을 정하고 대본을 쓰고 촬영, 편집 이후 자막 검수까지 꼼꼼하게 체크하고 또 체크했다. 비용을 지불할 만한 충분한 가치가 있는 강의 콘텐츠를 만들기 위해서였다.

그리고 결과는 노력한 만큼 나왔다. 화상 회의 프로그램을 통해 수강생과 만나 연기에 대한 피드백을 주는 일대일 코칭권은 강의 오픈과 동시에 매진되었고, 론칭 스코어도 상위권에 랭크되었다. 무엇보다 큰 보상은 바로 수강생들의 솔직한 후기였다. "쉽고 재밌다." "설명에 집중이 잘된다." "실질적인 도움이 된다." "삶에 활력소가 생겼다." 등등.

아이들에게 그림책을 재밌게 읽어주고 싶은 엄마, 군복무 중이지만 제대 이후 본격적으로 성우 시험을 준비하고 싶다는 군인, 오디오 콘텐츠를 만들고 싶은 미래의 크리에이터, 프리젠테이션을 잘하고 싶은 회사원, 선생님, 텔레마케터 등등 다양한 분들이 성우 이용신의 〈인생을 바꿀 목소리 연기의 모든 것〉 수강생들이다.

이렇게 많은 이들이 목소리 연기를 갈망하고 있었다니… 예상을 뛰어넘는 반응에 감사와 감동이 밀려왔다. 누군가에게 길을 제시해주고 내가 깨달은 것들을 나누는 게 이렇게 가치 있는 일이었구나. 지금껏 느껴보지 못했던 또 다른 형태의 행복을 만났다.

*

"그래. 그동안 답해주지 못했던
친구들에게 답을 줄 때가 왔다."

진로 앞에서
고민하는 20대에게

───────────────────────────────

여러 우물을 파는 게 뭐가 어때서

많은 청년들이 실패 이후를 먼저 두려워하는 이유는 아마도 학창시절 내내 수능이라는 한 가지 목표만을 바라보며 공부했기 때문이 아닐까 싶다. 어려서부터 최종 골인 지점을 대학입시에 두고 달려가다 보니 출신 학교에·따른 자부심 혹은 열등감이 지나칠 정도로 극대화되어 있다는 느낌도 받는다. 40대가 되어서 돌아보니 시험 한 번에 내 인생의 향방이 단칼에 결정되는 것도 아닌데, 나 역시 12년간의 노력이 이날 결실을 맺지 못하면 다시는 기회가 오지 않을지도 모른다는 불안감을 가득 안고 시험을 치렀던 기억이 난다.

과할 정도로 미래 '안정성'에 직업의 가치를 두는 사회적 분위기도 도전을 주저하게 만든다. 그래서 과감하게 안정된 직장을 때려치우고 연기자의 길로 들어선 사람들에게 더 많은 박수와 격려를 보내는지도 모르겠다. 일종의 대리만족이라고 할까? 공무원이 되어서 매달 안정적인 월급과 퇴직 이후 연금을 받는 삶도 분명 가치 있는 삶이지만, 20대의 나는 그렇지 않았다.

어차피 인생이 내가 짜놓은 계획대로 흘러가지 않을 거라면, 내가 전혀 예측하지 못하는 미래를 기대하면서 사는 게 좀 더 행복하지 않을까? 오지도 않은 먼 미래의 행복을 위해 지금 하기 싫은 일을 하며 살고 싶지 않았다. 지금의 내가 작은 행복을 누려봐야 미래의 내가 커다란 행복을 마음껏 누릴 수 있는 힘을 축적할 수 있다고 믿었다.

행복의 기준을 그저 '돈'에 둔다면 20대의 나는 결코 행복했다고 말할 수 없다. 그 시절 내 행복의 기준은 '인정'이었다. 내 재능, 내 실력을 인정받을 때 너무나 행복했고, 또 다른 도전을 이어나갈 힘을 얻었다.

물론 인정으로 활짝 핀 꽃길만 걸은 건 아니다. 즐겁게 일했지만 인정받지 못한 때도 있었고, 다음 단계로 넘어갈 기대에 가득 차 행복 회로를 신나게 돌렸으나 상상만으로 끝난 경우도 있었다. 잊을 만하면 실패의 아픔을 겪다 보니 실패에 좀 무딘 편이 되었다. 세상에는 내 뜻대로 되는 일보다 뜻대로 안 되는 일이 많다는 걸 쿨하게 인정하고 나니, 무슨 일이든 새로 시작할 때 거기에 내 모든 게 걸려 있다고 과잉 기대하지 않을 수 있게 되었다.

한 우물만 파면 성공하지 못했을 때 오히려 리스크가 더 커진다. 기회 하나에 매달리는 사람이 실패했을 때 완전히 좌절해 버리는 경우를 많이 봤다. 물론 장인 정신을 가지고 한 가지만 갈고닦는 모습은 멋지고 존경스럽다. 하지만 모든 사람이 장인의 반열에 오를 수는 없는 노릇이다. 평범한 사람들은 실패를 겪어도 "다른 일 하면 되지. 그래 할 수 있어." 하고 제2의 선택지를 떠올릴 수 있어야만 한다.

물론 여러 일을 벌이는 것도 그리 만만하지는 않다. 어쩌면 한 우물 파는 것만큼이나 많은 에너지가 소모된다. 더 많은 실패를 감당해야 하기 때문이다. 매 실패의 순간마다 크게 좌절한다면 도무지 해낼 수 없는 방식이다. 실패를 덤덤히 받아들이고 지나치게 좌절하지 않는 능력, 이 또한 재능이라면 재능이다. 그래도 분명 지금 실패의 아픔은 다음에 닥칠 실패가 줄 아픔의 완충제 역할을 해낼 것이다.

여전히 실패는 두렵다. 현재의 내 선택이 맞는지 불안하다. 하지만 좋은 선택이든 나쁜 선택이든 그 모든 선택의 합이 바로 나다. 내가 완벽한 인간일 수 없다는 것을 인정하면 거듭되는 실패에도 무너지지 않을 수 있다. 타인의 인정을 갈구하기 전에 나 자신을 스스로 인정해줘야 진짜 행복이 무엇인지 알게 된다.

애매한 재능은 저주가 아닌 축복이다

무엇을 하고 살아야 할지 고민할 필요가 없을 정도로 특출난 재능을 가진 천재들을 제외한 대부분의 사람들은 자신의 미미한 재능을 가지고 고민하며 살아야 한다.

나 역시 애매한 재능을 가진 아이였다. 다양히 적당하게 하는 편이지만 특출나게 잘하는 건 없는 이도 저도 아닌 재능이랄까. 동메달 정도는 딸 수 있지만 금메달을 따기에는 부족한 재능이 나에겐 콤플렉스였다. 어쩌면 자신에 대한 기대치가 너무 높은 탓에 스스로에게 인색하게 굴어서 지독한 콤플렉스를 느낀 걸지도 모르겠다.

좋아하고 잘하는 게 무대에 올라 노래하는 것이어서 어려서부터 노래자랑에도 나가고 강변가요제에도 나갔다. 하지만 가수가 되기에는 부족한 무언가가 있었다. 나에게 '거절'을 안겨준 이들의 평가는 이랬다.

"목소리가 예쁘기만 하다."

"개성이 부족하다."

"목소리에 대중을 사로잡을 훅이 없다."

"그렇다고 이 부족함을 채워줄 만한 빼어난 외모를 갖춘 것도 아니다."

춤과 노래가 너무 좋아서 뮤지컬 배우가 되고 싶어 오디션을 봤을 때 그들의 평가는 이랬다.

"무대 위에 서기에는 키가 너무 작다."

"발성이나 창법이 뮤지컬을 하기에는 적절치 않다."

"앙상블부터 시작하려면 해라. 단, 페이는 없다."

이렇게 몇 번의 거절을 경험하고 나서 난 이 애매한 재능이 저주라고 생각하기 시작했다. 차라리 노래도 아예 못하고 춤도 아예 못 추면 이 일을 할 생각도 안 하고 얌전히 어디 취직했을 텐데….

'하나님은 왜 나에게 이렇게 애매한 재능을 주셔서 나를 이렇게 좌절시키는 거지?'

별의 별 탓을 다 하는 내 자신이 더 초라하게 느껴졌다. 하지만 좋아하는 것을 향한 열정은 쉽게 사라지지 않았다. 여전히 노래 부르는 게 좋았고, 뮤지컬을 보고 나면 행복했고, 내가 좋아하는 가수의 노래를 백 번이고 반복해서 들어도 지겹지가 않았다.

나는 수차례 거절을 겪었지만 그 거절을 절대적인 실패로 받아들이지 않았다. 좋은 목소리와 노래의 재능을 살릴 수 있는 일이 오직 '가수'뿐이라고 생각하지 않았기에 다른 길로 돌아서지 않았다. CM송 가수로 노래도 해보고, 언더 성우로 녹음도 해보고, 국군방송 MC로 진행도 해보고, 쇼핑 호스트가 되기 위해 내게 주어진 시간 동안 최선을 다해보기도 했다. 정말 목소리로 할 수 있는 일이라면 무엇이든 가리지 않고 다 했다.

당연히 시도가 많았던 만큼 실패도 많았다. 실패가 많았다는 건 그만큼 많이 도전했다는 증거다. 실패는 부끄러워할 이유가 전혀 없다. 실패에 개의치 않으면 보다 쉽게 도전할 수 있다.

실패를 동반한 수많은 시도 끝에 이렇게 성우가 될 수 있었다. 처음부터 성우가 되고자 한 우물만 파지는 않았지만 '목소리'라는 큰 카테고리에서 안에서 노력해온 끝에 이뤄낸 성과였다. 여러 가지 도전하다 보면 하나쯤은 얻어걸린다. 대신 그 도전은 매번 진심이고 최선이어야 한다. 애매한 재능의 저주에서 벗어나기 위한 나만의 생존 스킬이었다.

　예전에는 아는 것도 완벽하게 잘하지 못하는 나에게 자괴감을 많이 느끼곤 했다. 그런데 요즘은 이렇게 끝없는 호기심을 가지고 다양한 분야에 도전하고 다양한 재능을 융합하는 나 같은 폴리매스Polymath가 각광받는 시대라고 하니, 이제 애매한 재능에 대한 콤플렉스 따위는 개나 줘버려도 될 것 같다.

실패는 도전을 쉽게 만든다

　이렇게 겁도 없이 먼저 시도하다 보니 성우들 가운데서 콘서트도 제일 먼저, 크라우드 펀딩도 제일 먼저 할 수 있었다. 제일 앞서 가리라 생각한 적은 없는데 돌아보니 내가 제일 앞에 있었고, 뒤따라오는 이들이 점점 늘어났다. 아무도 시도하지 않았던 프로 성우들의 보이스 플랫폼을 만들고, 팟캐스트를 시작하고, 크리에이터로서 본격적인 유튜버 활동도 시작했다.

　처음에는 촬영, 편집, 구성을 모두 혼자 해내는 데 매우 오랜 시간이 걸렸다. 구성안을 짜고 대본을 쓰는 건 예전에 해봤던 일이라 어느 정도 해낼 수 있었는데, 촬영과 편집은 완전히 새로운 영역이었다.

5분 분량의 영상을 만드는 데 꼬박 하루가 걸렸다. 손도 빠르지 않고, 눈도 쉽게 피로해졌지만, 내가 전달하고 싶은 말을 나만큼 잘 편집할 수 있는 사람은 없었기에, 유튜브를 찾아가며 영상 편집과 촬영 전반에 관한 기초를 익혔다.

팟캐스트도 마찬가지였다. 팟캐스트 제작은 오디오 편집의 영역. 팟캐스트 스튜디오에서 녹음 후 전달받은 파일을 오디오 편집툴을 이용해 내가 만들고 싶은 대로 편집했다. PD가 하던 일을 내가 도맡게 된 것이다. 직접 멘트를 잘라 붙이고, 효과음을 넣고, 배경음악을 깔았다. 점점 나만의 오디오 콘텐츠가 완성되어 가는 과정을 보며, 성우로서 녹음만 했을 때는 몰랐던 또 다른 희열을 느낄 수 있었다.

얼마 전에는 좀 더 좋은 환경에서 편집툴을 다뤄보고 싶어서 큰 맘 먹고 맥북을 샀다. 평생 윈도우만 써왔던 나에게는 또 새로운 도전이자 두려움이었지만, 어느덧 새로운 시도를 통해 또 다른 재능을 발굴하는 과정이 패턴화되어 하나의 기질로 장착되었나 보다.

지금까지 내가 성공하는 능력을 키워왔다고 자신할 수는 없다. 하지만 시도하는 능력만큼은 분명히 성장했음을 느낀다. 나이가 꽤 들었음에도 불구하고 계속해서 새로운 프로젝트에 도전할 수 있는 에너지는 바로 여기에서 나온다. 아마 할머니가 되어서도 이러고 있지 않을까? 열정만땅 용신할매. 오홍홍.

유치원 재롱잔치 때였던 걸로 기억한다. 그 작은 무대에서도 어디론가 숨어버리고 싶어서 이 시간이 빨리 끝나기만 빌었던 어린 내가 있었다. 무대 체질도 아니고, 특별히 용감하지도 않았던 내가 이렇게 무언가에 계속 도전하는 나로 진화할 수 있던 건 모두 숱한 실패를 경험했기 때문이다.

하나의 도전에서 실패했다고 인생 전체가 망가지지는 않는다. 나의 '장점'을 바라보며 달려가면, '직업'만을 바라보며 달려갈 때보다 더 많은 것들이 보인다. 먼 길로 돌아가도, 잠시 쉬어가도, 막힌 길임을 알고 다시 돌아 나와도 괜찮다. 손에서 나침반을 놓아버리지만 않는다면, 내 인생을 잘 가고 있는 거다.

＊

"여러 가지 도전하다 보면 하나쯤은 얻어걸린다.
대신 그 도전은 매번 진심이고 최선이어야 한다."

Chapter 4

더 먼
미래로
가는 방법

첫 콘서트와
첫 앨범

아쉬웠던 나의 첫 콘서트

2010년 나의 첫 콘서트 〈I'm Your Luckystar〉.

성우가 여는 단독 콘서트라는 게, 기획부터 연출까지 전 과정이 쉽지 않았다. 언론 배포용 보도자료의 제목은 "한국 최초 성우 단독 라이브 콘서트"였다. 말이 보도자료지 어디서도 관심을 가져주지 않아 같은 과 후배 신문 기자에게 도움을 요청했었다. 기사 한 번만 써 달라고.

콘서트 장소인 홍대 상상마당은 작은 소극장임에도 불구하고 막상 나 혼자 그 모든 스테이지를 꾸미려니 부담감이 엄청났다. 성우가 된 지 7년쯤 지난 시점이었다. 그동안 불렀던 만화 주제가부터 CM송까지 내가 할 수 있는 레퍼토리를 최대한 다 긁어모아야 했다. 허나 모아도 모아도 세트리스트는 부족하기만 했다. 내가 불러온 노래들은 몇몇 애니송을 제외하고 30초에서 1분 30초 정도 길이의 짧은 곡이 대부분이었기 때문이다. 공연을 하려면 함께 무대를 꾸며줄 게스트들이 필요했다.

"저 콘서트 하는데 저랑 같이 듀엣 무대 좀 해주실 수 있을까요?"
"선배님! 잠깐만 무대에 서주시면 정말 감사하겠습니다."
"애들아~ 나랑 같이 재미있는 퍼포먼스 한번 해볼래?"

선배님, 후배님, 지인 가릴 것 없이 그간 업계에서 쌓은 인맥을 총동원해서 무대를 구성했다. 갑작스러운 부탁이어서 부담도 컸을 텐데 누구 한 명 거절하지 않고 다들 선뜻 도와주었다. 이 자리를 빌려 정말 감사했다고 말씀드리고 싶다. 실은 내가 제작자가 아닌지라 출연료도 거의 못 드리고 대부분 우정 출연해주셨는데, 그분들이 아니었다면 콘서트의 세트리스트를 그렇게 알차게 메울 수 없었을 거다.

공연 마지막에 〈달빛천사〉 삽입곡들을 부르며 팬들과 눈물이 그렁그렁한 채로 무대를 함께 해낸 건 정말 잊을 수 없는 순간이다. 내 공연에 온 친구들은 왜 이렇게 우는지. 그 모습을 보면서 나도 울고.

하지만 콘서트 진행에는 여러모로 문제가 많았기에 아쉬움이 남는다. 나 역시 제작자에 의해 기획된 콘서트의 출연자로서 개런티를 받고 무대에 섰는데, 진행 과정에서 많은 잡음들이 있었다. 그나마 무대 연출이나 곡 선정은 내가 주도적으로 진행했지만, 티켓팅이나 공연 수익 분배, 굿즈 제작 및 판매 과정에는 관여할 수 없는 입장이었다. 이런저런 불만을 제작자 측에 토로했지만 잘 받아들여지지 않았다. 함께 참여해준 동료들에게도, 팬들에게도 더 합당한 대우를 해줬어야 하는데 첫 콘서트만 떠올리면 마음 한구석에 여전히 아쉬움이 있다.

연극이 끝나고 난 뒤

그렇게 우여곡절 끝에 콘서트를 마치고 집으로 돌아왔는데 엄청난 공허함이 밀려왔다.

'방금 전까지만 해도 흔들리는 야광봉과 환호성 속에서 노래하고 있었는데…'

스튜디오에서뿐만 아니라 라이브 무대에서도 잘할 수 있다는 걸 증명하고 싶어서 연습실을 수도 없이 오가며 한 달 내내 이 공연에만 매달렸는데 이렇게 끝나버리다니….

순식간에 완전히 번아웃 상태가 되어버렸다. 작은 무대에 선 나조차 이런 헛헛함을 느끼는데 정말 세계적인 아티스트들은 환호 소리가 사라지고 혼자 남았을 때 찾아오는 이 외로움을 어떻게 감당하는 걸까. 나도 모르게 눈물이 쏟아졌다. 허탈함 반, 기특함 반.

그러고는 한동안 그 기분에서 헤어 나오지 못했다. 그럴 만한 연료가 내 몸에 남아 있지 않았다. 그냥 이 감정 자체를 받아들이기로 하고 일기장에 적어 내려갔다. 글을 쓸 수 있는 힘만큼은 어딘가에 남아 있었나 보다. 나를 힘들게 하는 이 감정에 집중했다. 스트레스 상황에 내몰렸지만 억지로 긍정적인 에너지를 끄집어내려 하지 않았다. "해낼 수 있어!"라는 말도 지겨웠다.

부정적인 감정을 애써 내팽개치지 않고 그저 차분히 정리하다 보면 어느 순간 받아들이게 되는 때가 온다. 그때쯤이면 굳이 애쓰지 않아도 '이제 슬슬 일어날 때'라는 직감이 미세하게 깨어난다. 그러고 나서 여행 계획을 세운다든지 무언가 배워본다든지 소비를 한다든지 솔루션을 찾아가면 되는 것이다.

부정적인 감정이라고 해서 마냥 외면하지 않고 물끄러미 오래도록 바라본 건 내 직업 정신 때문이기도 했다.

난 연기자이니까. 난 목소리로 모든 감정을 표현해야 하는 성우니까. 만사 귀찮고 무기력한 캐릭터 역시 언젠가 표현하게 될 날이 올 수도 있으니까.

성우라는 직업을 갖고 난 후 이렇게 모든 감정들을 소중히 여기게 되었다. 감정에 대한 가치판단도 하지 않게 되었다. 근사한 나도, 찌질한 나도, 잘난 나도, 못난 나도 다 '나'라는 걸 성우가 되고 나서야 인정할 수 있게 되었다.

가수 이용신의 첫 정규 앨범

생애 첫 정규 앨범 〈Type Control Youngshin〉도 알고 지내던 지인으로부터 앨범 제작 제안이 들어와서 시작한 프로젝트였다. 애니메이션 OST가 아니라 내 이름을 건 오리지널 곡으로 앨범을 발표했다. 가수로서 데뷔하게 된다 생각하니 설레는 마음으로 임했지만 콘서트 때와 마찬가지로 진행 과정은 전반적으로 엉성하고 투명하지 못했다.

2013년 당시만 해도 '크라우드 펀딩'이라는 개념 자체가 무척 생소했다. 앨범 제작 비용을 펀딩으로 모으겠다고 하니 일단 신뢰가 가지 않았다. 다행히 목표 금액인 1,000만 원은 채워졌지만 1,000만 원으로 정말 앨범을 만들 수 있나 하는 의문이 들었다.

아니나 다를까 막상 본격적인 프로젝트가 시작되니 1,000만 원은 그야말로 최소 견적이라는 걸 알게 되었다. 그동안 가끔 보컬 세션으로서 가창료만 받아왔을 뿐 음원 발매나 음반 제작에 대한 경험이 전무했기 때문에 상황 파악을 뒤늦게 하게 됐다.

그래도 내 이름을 걸고 앨범이 나온다고 하니 욕심이 났다. 결국 생각보다 내 개인 자금이 많이 투입되었고, 자연스럽게 제작자 포지션에서 일련의 과정을 들여다볼 수 있었다. 비록 미니 사이즈 앨범이지만 앨범이 만들어지는 프로세스를 경험해 보았다.

빠듯한 예산 때문에 작곡가에게도 죄송한 마음으로 곡을 의뢰할 수밖에 없었다. 녹음, 믹싱, 마스터링이 왜 필요하고, 대략 어느 정도 비용이 들어가는지도 알게 됐다. 앨범명, 앨범 표지 콘셉트, 폰트 종류까지 모든 과정에서 반드시 '선택'을 해야 했다. 그리고 선택에 대한 책임은 오롯이 내가 져야 했다. 예산이 충분치 못해 타이틀곡에만 돈을 들이고 다른 곡들에는 그만큼 신경을 쓰지 못했다.

만화 주제가가 아닌 곡들로 정규 앨범을 내는 건 처음이다 보니 아쉬운 점투성이였다. 두 번째 같은 처음이 있다면 얼마나 좋을까. 되돌아보면 왜 이렇게 아쉬운 처음들인지. 후회하지 말자, 하고 넘어가기에는 내 무지함이 너무나 안타까웠다.

목소리라는 보이지 않는 형질의 것만을 다루다가 무언가 실체가 있는 창작물을 주도적으로 만들어내려다 보니 지독히 힘들었다. 물론 묘한 쾌감도 있었지만, 이때 처절히 경험했다.

멜론 차트 100위 안에 들어가는 게 얼마나 어려운지.
음원이나 앨범을 제작할 때 홍보가 얼마나 중요한지.

결과적으로 극히 소수만 소장한 앨범이 되었지만 나름대로 공을 참 많이 들였다. 이전에 불러본 애니송이 아니라 완전히 새로운 가요 일곱 곡을 그 짧은 기간에 연습했으니 말이다. 성우 겸 가수라는 특색을 살려보고 싶어서 곡마다 보이스 컬러와 창법에 변화를 주었다. 청순한 포크, 애절한 발라드, 터프한 록, 그루브한 팝, 상큼한 보사노바 등 이게 한 가수에게서 나온 노래들이 맞을까 하는 의문이 들게끔 하고 싶었다.

사실 그동안 늘 캐릭터의 소리로, 광고에 어울리는 예쁜 소리로

만 노래해온 나였기에 진짜 내 목소리가 무엇인지, 내가 가장 잘 부를 수 있는 창법은 무엇인지 도무지 종잡을 수가 없어서 택한 방법이기도 했다. 세션으로 불려 다니며 목적이 분명한 노래만 불러온 나에게 CM송 가수가 아니라 일반 가수로서 노래를 부르는 일은 무척이나 힘겨운 작업이었다. 그리고 처음으로 이런 바람이 생겼다. 진짜 내 목소리를 찾고 싶다고.

어리고 예쁜 캐릭터의 목소리가 아닌, 그냥 자연인 이용신 나이에 어울리는 목소리로 노래하고 싶었다. 그러나 오래도록 캐릭터 발성에 길들여진 내 성대는 틈만 나면 어리고 예쁜 척하는 소리를 내려고 했다. 그런 소리를 낼 때 오히려 편안하게 발성이 된다는 게 놀라울 정도였다.

우여곡절 끝에 정규 앨범 1집을 내놓고, 목소리와 발성에 대해 예전보다 더 진지하게 고민하기 시작했다. 내가 좋아하는 노래를 계속해서 부르려면 이 상태로는 안 될 것만 같았다. 이번에도 역시나 어설픈 실패가 또 한 발짝 발전을 도모하게 만들어주었다.

*

"두 번째 같은 처음이 있다면 얼마나 좋을까.
되돌아보면 왜 이렇게 아쉬운 처음들인지."

내가 결혼을
할 줄이야

30대의 끝에서 결혼을 선택하다

　　성우로서 바쁘게 살아가다 보니 결혼 생각은 뒷전이었다. 중간중간 연애도 하고 결혼을 생각한 상대도 있었지만, 무언가 삐그덕거리는 부분이 있어서 결혼으로 이어지진 않았다. 녹음하고, 돈 벌고, 내가 하고 싶은 것들을 다 할 수 있게 되니 시간이 너무나 빨리 흘러갔다. 그러다가 30대 후반이 되었다. 이미 주위 친구들은 거의 다 결혼했고, 학부형이 된 친구들도 있었다. 나도 결정을 해야 하는 때가 온 듯했다. 결혼을 할 것이냐, 지금처럼 혼자 살 것이냐. 그때는 비혼이라는 단어도 낯설 때였다.

나름 커리어도 착실히 쌓아온 터라 주변에서 '골드미스'라는 이야기도 듣곤 했다. 당시 내가 결혼에 대해서 조급하지 않았던 이유는 인생에서 어떤 시기만큼은 자신에게 주어진 시간을 혼자 감당해낼 수 있어야 한다고 믿었기 때문이다. 부모님의 그늘에서 벗어나 스스로 제 삶을 온전히 책임지는 시간이 있어야 진짜 내 인생의 주체가 될 수 있다고 생각했다.

실제로 대학 졸업 후 여러 일에 도전하며 차곡차곡 모은 돈으로 스물일곱 살쯤 독립을 했다. 낙성대의 8평짜리 작은 원룸텔이었는데, 짐 싸는 날 "아싸!" 하며 집을 나왔다. 방 크기는 중요하지 않았다. 그저 나 혼자만의 공간이 생겼다는 게 너무나 행복했다.

연애를 할 때도 독립적인 성향이 다분했다. 자존심 때문에 아무리 보고 싶어도 절대로 연락하지 않았던 적도 있고, 헤어질 것 같은 기운이 감지되면 상대보다 먼저 이별을 통보하기도 했다. 주도권은 나에게 있어야 하니까. 이런 연애를 할 바에는 차라리 혼자 있는 게 낫겠다 싶어 상대방의 감정은 나 몰라라 차갑게 돌변하기도 했다.

그래도 나이를 먹을수록 현실적인 외로움을 무시할 수는 없었다. 싱글일 때는 혼자서 여행을 정말 많이 다녔다. 자유로운 영혼이 된 기쁨을 마음껏 누렸다. 나 자신을 위해 이렇게 돈과 시간을 쓴다는 게 너무나 행복했다. 하지만 어느 시점부터 이 좋은 풍경과 음식을 함께 나눌 사람이 없다는 게 못내 허전해졌다.

'언제까지 이렇게 혼자 즐길 수 있을까?'

'아, 눈가 주름! 팔자 주름! 큰일 났다….'

'결혼해서 애 낳은 애들보다는 예쁘게 관리해야 하는데.'

이런저런 고민을 하던 차에 지금의 남편을 만났다. 그는 이전에 만나온 남자들과 달리 신기할 정도로 자격지심이 없는 사람이었다. 어디서 나온 자존감인지 통 모르겠지만 나보다 네 살이나 어린데도 기대고 싶은 사람이었다. 내 감정이 널을 뛸 때에도 전혀 동요하지 않고 묵묵히 내가 진정되기를 기다려줄 수 있는 사람이었다. 정말이지 '이 남자와 결혼하겠다'라는 예감이 강하게 왔다. 그렇게 나는 30대의 끝자락에서 지금의 남편과 남은 인생을 함께 걸어가기로 결심했다.

내 결혼 소식이 주변 사람들에게는 다소 충격이었나 보다. 하나같이 "네가 결혼할 줄 몰랐다." "혼자 즐기며 살 줄 알았다." 하는 반응이었다. 늦은 나이에 결혼한 터라 주변에서 한국인 특유의 오지랖으로 출산 걱정도 많이들 했는데, 마흔이 넘은 나이에 건강히 첫째 아들을 낳았고, 2년 터울을 두고 둘째가 태어났다. 또 아들이었다. 엄마한테는 딸이 있어야 한다고 조심스레 셋째 얘기를 꺼낸 사람들도 있었지만 셋째도 또 아들일 것 같아 여기서 마무리하기로 했다.

가족이 생기면서 내가 많이 변했다고 한다. 내가 아니라 남들이 하는 얘기다. 결혼 전에는 다소 까칠한 이미지였는데, 결혼 후 많이 부드러워졌다고 한다. 어떤 상황에서도 내 편이 되어줄 수 있는 파트너가 있다고 생각하니 조바심 낼 일이 많이 사라졌다. 늙어가는 것도 마찬가지다. 싱글일 때는 주름 하나하나에 엄청 스트레스 받았지만 이제는 별로 신경 쓰지 않는다. 자연스럽게 늙어가는 것도 괜찮은 거라고 받아들이게 되었다.

내 인생에서 가장 잘한 일을 꼽으라면 결혼해서 아이를 낳은 것이다. 나를 가장 행복하게 만드는 건 하람이, 은찬이의 웃음소리다.

성우 엄마의 육아법

육아도 처음이고 엄마도 처음이다. 정말 아는 게 아무것도 없었다.

주위에 먼저 엄마가 된 친구는 많았지만 다들 이미 아이를 중고등학교까지 보낸 학부형들이라 신생아 키우던 시절을 기억할 리 없었다. 육아도 공부가 필요했다. 육아 관련 서적, 팟캐스트, 유튜브와 강의까지 육아에 도움이 될 만한 건 모두 다 찾아 봤다. 육아 일기도 쓰고, 추가 공부가 필요한 것들은 메모해 놓았다가 전문가가 제시하는 각종 육아법을 따라보기도 했다.

육아 강의를 듣다 보니 36개월이 되기 전까지는 영상기기를 최대한 멀리하는 게 좋다는 의견이 공통적으로 나왔다. 오감이 고르게 발달해야 하는 시기인데 시각에만 집중하면 다른 감각을 키울 수 있는 기회를 놓치게 된다는 게 요지였다.

하지만 스마트폰 영상을 보여주지 않고 아이를 키우는 건 현실적으로 여간 힘든 일이 아니다. 스마트폰을 쥐어주면 양육자는 잠시라도 쉴 수 있다. 그 유혹을 이겨내기란 엄마 아빠뿐 아니라 할머니 할아버지에게도 힘들다. 특히 식당에 가면 산만한 아이를 잠시라도 진정시키는 데 스마트폰만 한 마법이 없기 때문에 나 역시 식탁 위에 스마트폰을 올려주는 부모들의 마음을 모르지 않는다.

그럼에도 불구하고 36개월까지는 어떻게든 버티고 싶었다. 남편과 진지하게 이 문제에 대해 논의했고, 우리는 집이든 식당이든 식탁 위에서는 절대 스마트폰을 보여주지 않기로 합의했다. 집에서는 어떻게든 해낸다 처도 외식을 할 때는 정말 난리도 아니었다. 스마트폰 없이 아이를 케어하려면 둘 중 누구 하나는 먼저 밥을 후다닥 먹고 교대로 아이에게 밥을 먹여야 했다. 폭발할 것 같은 순간도 많았지만, 지금 생각해보면 잘한 선택이었다. 함께 노력해준 남편도 정말 대단하고 고맙다. 아이를 돌본다는 건 하루에도 몇 번씩 천당과 지옥을 오가는 일이다.

노산에 육체적으로 힘에 부치는 육아였지만 나만의 철칙이 또 하나 있었다. 매일매일 자기 전에 꼭 책 읽어주기. 움직이는 영상에 시각이 익숙해지면 움직이지 않는 책은 멀리하게 된다는 선배 엄마들의 얘기를 듣고, 아주 어렸을 때부터 성우 엄마의 장점을 최대한 살려 재미있게 그림책을 읽어주었다. 스마트폰에서 볼 수 있는 키즈 콘텐츠를 내가 직접 보여주고 싶었다. 성우 엄마의 직업 정신이 발동했다.

동화책 속 모든 캐릭터들의 대사를 각기 다른 목소리로 읽어주는 성우 엄마표 그림책 더빙이 꽤나 재밌었는지 다섯 살, 일곱 살이 된 지금도 자기 전에는 항상 책을 읽어달라고 한다. 나 역시 7년에 걸친 취침 전 책 읽기를 통해 모든 종류의 책은 더빙이 가능하다는 걸 알게 되었다. 노하우도 쌓였다.

책을 눈높이에 맞춰 들고 "저~기 지평선이 보이지?" 하고 물으면 아이들은 보인다고 대답한다. "딸기 냄새를 맡아볼까?" 하고 그림에 코를 갖다 대면 아이들은 정말 냄새를 맡는다. 선인장 사진을 만지며 "아, 따가워!" 소리치면 아이들도 손을 가져다 대고 "아, 따거!"를 외친다. 그럴 때는 어찌나 귀여운지. 엄마가 캐릭터 연기하는 걸 하도 많이 봐서 그런지 형제가 인형들을 끌고 나와 역할극을 할 때 보면 일인다역을 성우처럼 훌륭하게 해낸다.

성우 엄마에게는 집에서 책 읽어주기가 무임금 노동인지라 가끔은 정말 피곤하기도 하지만, 매일 밤 역할에 몰입해 만화책, 동화책, 과학책, 공룡책 등 장르를 가리지 않고 한껏 몰입해서 읽어주고 있는 나를 발견한다.

✳

"나를 가장 행복하게 만드는 건
하람이, 은찬이의 웃음소리다."

◇

행복한 일만
있지는 않았다

◇ ―――――――――――――――――――――――――――――

남 탓은 분노를 내 탓은 실망을

첫째를 낳고 2년 만에 둘째를 가졌다. 산모로서는 늦은 나이였지만, 둘이 함께 자란다면 정서적으로 서로 좋은 영향을 줄 수 있을 것 같았다. 첫째가 아들이다 보니 기왕이면 딸이었으면 하는 기대를 가졌지만, 역시나 아들.

아이 낳을 때의 고통은 아이를 키우며 다 잊힌다는 말을 도무지 믿지 못하던 나였는데, 어느덧 둘째의 출산일을 기다리고 있었다. 배가 불러오면서 누가 봐도 임산부인 게 티 나기 시작했을 때, 녹음실에서 만난 오디오 PD가 나를 보자마자 인사 대신 이런 말을 던졌다.

"또 임신했어?"

"네? 아… 하하… 뭐… 그렇게 됐네요."

프리랜서이다 보니 아무래도 일반 직장인보다야 눈치를 덜 봤지만, 그래도 임신과 출산의 영향을 전혀 받지 않은 건 아니다. 아이를 돌보기 위해 출퇴근 이모님의 도움을 받았으나, 이모님의 퇴근 시간 이후에는 아무래도 녹음을 잡기가 힘들어졌다.

성우 일이라는 게 시간을 가리지 않고 녹음실이나 방송국, 클라이언트의 부름에 응답해야 하는 일이기 때문에, 언제 들어올지 모르는 녹음 섭외에 항상 스탠바이하고 있어야 하는 직업적 특성이 있다. 광고 녹음 같은 경우 새벽 1시에도 수정 녹음을 한 적이 있을 정도로, 애당초 언제든지 녹음을 할 수 있는 상황이 되어야 섭외가 가능하다. 물론 몇몇 성우들은 '갑'의 위치에서 시간을 선택할 수도 있겠지만, 나처럼 일반적인 예쁜 톤을 가진 성우는 업계에 워낙 대체할 성우가 많기 때문에 원하는 대로 녹음 스케줄을 맞출 수 없다. 내가 섭외 1순위였다 할지라도 시간이 안 될 경우 2순위, 3순위가 언제든 그 자리를 대신할 수 있다.

아이 아빠와 합의해서 아무리 시간대를 맞춰보려 해도 도저히 섭외에 응할 수 없는 시간대가 생기기 시작했다. 특히 아이를 재워야 하는 시간대에는 녹음을 하기가 힘들었다. 아쉽지만 어쩔 수 없이 녹음 스케줄을 잡지 못하고 아이와 함께 집에 있어야 하는 날들이 늘어갔다. 자연히 나를 찾는 섭외 전화도 점점 줄어들었다.

'내가 캐스팅 순위에서 밀려나고 있구나….'
'예전처럼 나한테 녹음 시간을 맞춰주지 않는구나….'
'엄마 역할도 성우 일도 다 잘 해내고 싶은데….'

녹음이 줄어들면서 쓸 수 있는 시간이 늘어났다. 그동안 정신없이 바쁘게만 살아온 내게 처음에는 남아도는 시간이 고통스러웠다. 육아는 육아대로 힘들고, 일은 일대로 줄고, 목소리는 목소리대로 안 좋아졌다. 그 사이 능력 있는 후배들이 하나둘 치고 올라오고 있었다.

출산 이후 목소리 컨트롤도 힘들어졌다. 아역 연기를 하거나, 캐릭터 목소리로 노래를 부를 때 호흡이나 발성 면에서 전에 없던 불편함이 느껴졌다. 티를 안 내고 녹음을 하려다 보니 목에 더 무리가 가고, 정신적 스트레스도 심해졌다. 마이크 앞에서 한없이 자유로웠던 내가 점점 마이크를 두려워하게 되었다.

현실의 변화를 자연스럽게 받아들이는 건 생각보다 매우 힘들었다. 내 직업의 한계가 무엇인지 뼈저리게 느끼게 되었다. 그동안에도 주기적으로 상승과 하강의 그래프를 그리며 경력을 쌓아오긴 했지만, 이번에는 다시 상승 국면을 맞이할 수 있을지 확신이 들지 않아 더 불안하고 두려웠다.

'이대로 잊히는 건 아닐까?'
'이 상황이 출산 때문만은 아닐 거야….'
'내가 무엇을 잘못한 거지?'

고민을 하면 할수록 계속 남과 나를 탓하게 되었다. 남 탓은 분노로, 내 탓은 실망으로 바뀌었다. 온갖 부정적인 감정들의 혼합체가 거대한 괴물이 되어 나를 집어삼켰다. 주위 사람 그 누구의 격려와 위로도 소용이 없었다. 시기, 질투로 가득했던 어린 용신이가 거울 속의 일그러진 나를 빤히 쳐다보고 있었다.

마흔이 넘고, 아이 엄마가 되었지만 난 인격적으로 전혀 성숙해지지 않았다는 걸 깨달았다.

시기는 지옥으로 들어가는 자동문

시기와 질투는 암세포 마냥 건강한 감정들을 갉아먹는다.

자신을 누군가와 비교하고, 상대를 비난하고 깎아내리는 행위는 외부로만 표출되는 것이 아니다. 사실은 내부에서도 어마어마한 에너지를 소진시킨다.

대개 상대방은 내가 자신을 질투하고 있다는 사실조차 모른다. 목표 지점이 없는 분노 폭탄은 어느 지점에서든 폭발할 수밖에 없다. 대부분은 허공을 떠돌다 결국 나에게로 되돌아와 자신을 망가뜨린다. 시기, 질투는 외면과 내면을 모두 다 무너뜨리는 어마어마한 다크 에너지다.

절대 내색하지 않고 겉으로는 쿨한 척, 자신감으로 똘똘 뭉친 척하다 보니 이런 감정들은 내 마음속에만 머물렀다. 잠재적인 허리케인을 내 안에 꽁꽁 숨겨둔 것과 다르지 않았다. 언제 휘몰아칠지 모르는 허리케인을 품고 있다 보니 때로는 엉뚱한 사람에게 응집된 분노를 폭발시킨 적도 있고, 말도 안 되는 타이밍에 분노가 터져 나와 상황을 더 악화시켜 관계를 망친 일도 있다. 분노는 차곡차곡 쌓이다 어느 순간 급격하게 팽창하는 속성을 갖고 있기 때문이다.

지옥으로 들어가는 자동문이 있다면 '시기'는 모션센서에 가장 먼저 감지되는 감정이다. 특별한 노력 없이 지옥을 경험하고 싶다면 매우 간단한 방법이 있다. 누군가를 '시기'하면 된다. 상대를 미워하다 보면, 그와 관련된 다른 이들을 향한 불만도 꾸역꾸역 차오른다. 이렇게 복잡한 감정들이 휘몰아치는데 마음이 안정될 리 없다. 불만은 불안을 야기하고, 불안은 화를 증폭시킨다.

처음에는 '썩 괜찮은데 왜 나를 안 알아주지?'에서 시작했다가 '혹시 나에게 썩 괜찮은 능력 따위가 없는 게 아닐까…?'에 이른다.

내 멋대로 세워놓은 판단 기준에 부합하지 않는 누군가를 향한 분노는 결국 나조차 그 기준에 부합하지 않는다는 사실을 상기시킨다. 그리고 그 분노는 이제 자신을 향하게 된다. 스스로를 나무라고, 탓하고, 때리고, 내팽개친다.

그렇게 나 자신을 한없이 밑바닥으로 끌어내리다가 더 이상 내려갈 곳도 없다고 느낄 때쯤 책장에 꽂혀 있던 책 한 권이 눈에 들어왔다. 성경책이었다. 크리스천이라고 말하며 살아왔지만 단 한 번도 성경책을 처음부터 끝까지 읽지 않은 내가 보였다. 부끄러웠다. 처음부터 다시 태어나고 싶었다. 하지만 다시 태어나는 건 내 의지만으로는 절대 안 되는 일이었다.

66일의 법칙과 새로고침 버튼

매일매일 쉽게 쓰인 성경을 정해진 분량만큼 읽고 66일간 달력에 체크해 나가기로 했다. 무언가를 꾸준히 하지 못하는 내 자신을 바꿔보고 싶었다. 66일간 꾸준히 하면 습관이 되어 변화를 이끌어낼 수 있다는 이론을 믿어보기로 했다. 나는 마음만 먹으면 당장 자신을 변화시킬 수 있는 강인한 의지라고는 없는 사람이기 때문이다. 내 삶의 중요한 기준을 다시 세우고 싶었다.

예전에도 이렇게 밑바닥이라 생각했던 곳에서 자신을 바라본 적이 있었다. 그리고 다시는 그곳에 나를 내던지지 않겠다 다짐했었다. 허나 내 다짐과 의지의 유효기간이 그리 길지 않다는 걸 뼈저리게 느꼈다. 어둠을 피해 빛으로 도망쳤다가도 어느 순간 어둠 속으로 돌아가서 다시 허우적대는 나는 온전히 믿을 만한 존재가 아니었다.

빛 속에 있다고 믿었지만, 그 빛이 점점 선명함을 잃어가고 있음을 눈치채지 못했다. 마치 오래된 형광등이 깜빡이기 전까지 갈아야 할 때를 인지하지 못하다가, 새 형광등을 갈아 끼운 뒤에야 내가 얼마나 침침한 빛 속에서 살아왔는지를 알게 되듯이 말이다. 그리고 나서야 발견하게 되는 방 안 구석구석의 먼지들, 가구의 미세한 스크래치들, 그리고 얼굴의 잡티들. 밝은 빛을 비추자 내 안의 오래된 상처와 결핍이 보였다.

66일의 법칙을 완수해낸 뒤 내 삶의 새로고침이 시작되었다.

먼저 동네 도서관에 가서 시민학습 강좌를 신청했다. 필요성을
느꼈지만 제대로 배워본 적 없는 것들을 하나씩 배워보기로 했다. 시
간은 많았다. 초등학생, 어르신들과 한 교실에 앉아서 엑셀, 파워포
인트, 한글을 기초부터 익혔다. 직장인들에게는 너무나 익숙할 테지
만, 프리랜서인 나는 접할 일이 별로 없던 것들이었다.

난 그 교실에서 성우도 뭐도 아닌 그저 평범한 수강생에 불과했
다. 옆자리의 초등학교 5학년 아이에게 모르는 걸 물어보고, 때로는
진도를 따라잡기 힘들어하시는 할머니, 할아버지 들의 질문에 답해드
리기도 하면서, 새로운 것을 배우는 그 시간에 최선을 다했다.

한편, 연기를 전공하지 않아 연기의 이론적 바탕이 없다는 것도
내가 가진 커다란 결핍 중 하나였다. 시간이 생길 때마다 대형 도서관
을 찾아 그동안 꼭 읽고 싶었던 연기와 발성에 관한 책들을 찾아 읽었
다. 재능만 믿고 덜컥 시작했던 목소리 연기와 노래. 목소리로 그렇게
많은 일을 하며 살아왔으면서 이론적 기초를 쌓는 데는 소홀했던 나
를 돌아보았다. 빈 부분을 채워나가는 과정이 즐거웠다. 무슨 말인지

통 모르겠는 부분도 많았지만 큰 울림과 깨달음을 주는 구절들을 옮겨 적으며, 나만의 연기 노트를 만들어갔다.

'진작에 이런 이론을 배웠다면 지금보다 더 나은 연기를 할 수 있지 않았을까?'
'실무 경험만큼이나 이론적 기초도 중요한 거구나.'
'지금이라도 알게 되어서 정말 다행이야.'

지금 주어진 이 시간적인 여유가 나에게 꼭 필요했음을 깨닫고 감사할 수 있게 되었다.

앞으로도 내 인생 그래프는 분명 엎치락뒤치락할 것이다. 끝이 보이지 않는 하강 국면에 접어들 수도 있다. 하지만 그렇다고 해서 내 인생이 끝나는 것은 아니다. 나에게는 성우로서, 엄마로서, 아내로서, 딸로서 다양한 인생이 있다. 모든 역할에 완벽할 수는 없다. 그건 오만이고 욕심이다. 완벽해야 한다는 강박을 내려놓자.

다소 부족하지만 각각의 역할마다 내가 할 수 있는 최선을 다할 것. 여러 역할이 주어진 것에 기뻐하며 작은 것에도 감사하는 삶을 살 것.

성공만을 간절히 구하던 나의 기도는 이렇게 바뀌어갔다.

*

"모든 역할에 완벽할 수는 없다.
완벽해야 한다는 강박을 내려놓자."

언제나 늘
최초였던 성우

보이스 플랫폼 올보이스

결혼과 출산을 겪으며 녹음 일이 줄어가던 차에 이전부터 나를 괴롭혔던 질문들을 다시 한번 진지하게 바라보게 되었다. 일기장에는 그런 나와 대면해가며 주고받은 질문들이 빼곡하다.

'왜 나는 누군가 나를 불러주기만을 기다려야 하지?'

'보험 회사의 마케터나 자동차 세일즈맨들은 누군가의 도움 없이도 스스로 일을 만들어 나가는데, 왜 성우는 스스로 녹음 일을 만들어 낼 수 없는 걸까?'

'오프라인 녹음실로부터 섭외가 줄었다면, 온라인에서 나를 알리

고 일할 수 있는 방법은 없을까?'

그렇게 무작정 인터넷에 '성우 녹음'을 검색해 뒤지기 시작했다.

헉… 이런!

온라인에서는 이미 이런 일이 현실화되어 있었다. 국내는 물론
이고 외국에서도 목소리를 포함해 온갖 재능들을 거래하는 여러 사
이트를 발견할 수 있었다. 녹음실과 방송국에서만 활동했던 나로서
는 온라인 재능 거래 플랫폼의 발견이 정말 충격이었다. 그야말로 우
물 안, 아니 녹음실 안 개구리였다는 사실을 깨닫게 되었달까.

흔히 '비협회 성우'라 부르는 이들이 이미 너무나 저렴한 가격에
거대한 규모로 활동하고 있었다. '협회 성우'가 몇십만 원 받는 작업
분량을 단 몇만 원에 진행하니 수요가 생길 수밖에 없었다. 그렇다고
아마추어 성우가 활동하는 플랫폼에 나 같은 방송국 공채 출신의 협
회 성우가 진입하는 건 불가능해 보였다. 자존심이 허락하지 않기도
했고, 가격 경쟁력 측면에서도 도저히 같은 리그에서 활동하기가 어
려웠다.

직접 들었을 때 아마추어 성우와 프로 성우의 차이는 확연하지

만, 그건 어디까지나 오래도록 프로 리그에서 활동해온 내 기준에서다. 녹음 작업을 난생 처음하거나, 관련한 경험이나 정보 없이 접근한 사람들이 모두 나와 동일한 기준을 갖고 있지는 않을 것이다. 문득 이런 생각이 들었다.

'프로 성우들을 위한 플랫폼은 어디 없을까?'

관련 검색어로 구글링을 하면서 해외에서 참고할 만한 사이트를 여러 곳 찾아냈다. 이곳저곳 들어가서 회원 가입도 해보고 작업 프로세스도 테스트해봤다. 외국에는 성우협회도 없고 방송국 공채 제도도 없기 때문에 아마추어와 프로의 경계가 없었다. 연기자조합 출신의 성우를 원하는 경우 별도의 사이트를 안내해주는 정도였다.

'누가 우리나라에 이런 플랫폼 좀 안 만드나?'
'목소리만 전문적으로 거래하는 플랫폼이 있다면 나도 가입해서 활동하고 싶은데….'

그렇게 속으로 아쉬움만 키워가던 어느 날, 내 이런 바람을 들은 남편이 "우리가 해보면 되지." 하고 말하는 게 아닌가.

'플랫폼을 나 같은 사람도 만들 수 있는 건가?'

평생을 프리랜서로 살아왔던 나에게는 전혀 예상치도 못했던 대답이었다. "생각보다 어렵지 않다"라는 남편의 말에 용기를 내보기로 했다. 여기서 또 한 번 관계의 힘을 실감하게 되었다. 기회를 기회로 연결시켜주는 건 언제나 내 옆에 있는 사람들이었다.

곧장 유사한 여러 사이트의 특징과 장단점을 파악해 나갔다. 우리에게 필요한 건 프로 성우들이 활동할 한국적인 보이스 플랫폼이었다.

플랫폼 이름도 정하고, 로고 이미지도 스케치하면서 한 걸음씩 차근차근 사이트의 뼈대를 만들어갔다. 물론 보이스 플랫폼이 다른 플랫폼들처럼 대중의 수요가 많지 않겠지만, 필요로 하는 사람들이 있음은 분명했다.

직장에서 마케터로 오래도록 일해온 남편이 내 아이디어를 실체화하는 데 큰 역할을 했다. 나는 사소한 디테일에 집착하는 반면 남편은 큰 그림을 보려는 사람이어서 중간중간 의견 충돌이 있기도 했지만, 오히려 사안에 대한 접근법이 나와 다르기 때문에 결과적으로 프로젝트의 균형을 잡아가는 데 큰 도움이 되었다.

그리고 2019년 6월, 프로 성우들의 목소리 거래 플랫폼, '올보이스'를 론칭했다.

홈레코딩이 가능한 성우협회 소속 프로 성우들이 클라이언트와 다이렉트로 만날 수 있는 플랫폼이다. 그전에는 무조건 녹음실이나 방송국을 통해서 섭외 요청을 받아야만 했던 성우들이 클라이언트에게 직접 섭외 요청을 받고, 클라이언트 역시 녹음실을 통하지 않고 직접 성우들의 다양한 샘플을 들어보고 일대일로 녹음 의뢰를 할 수 있게 되었다.

녹음비를 공개적으로 오픈하지 않는 한국 프로 성우들의 특성을 존중해 채팅 시스템을 도입해 녹음 의뢰와 가격 협의가 가능하도록 했다. 어떤 성우와 콘택트해야 할지 모르는 클라이언트들을 위해서는 공개 오디션 제도를 통해 여러 성우들의 녹음 샘플을 들어보고 최종 성우를 선택할 수 있도록 했다. 필드에서 오랜 기간 직접 활동해온 내 의견이 십분 반영되었음에는 두말할 필요가 없다.

성우가 변해야 하는 이유

사실 그동안 대개 '성우님'으로 대접받으며 녹음 작업을 해온 성우들에게는 스스로 홈레코딩을 해야 할 이유가 별로 없었다. 성우는 방송 제작 막바지 단계에 투입되어 목소리만 더빙하고, 이에 대한 후반 작업은 엔지니어들이 모두 도맡아 해주는 시스템이었기 때문이다. 급하게 수정을 해야 할 경우에도 친한 녹음실이나 엔지니어에게 부탁하면 어렵지 않게 녹음할 수 있었다.

하지만 시대는 급격하게 변화하고 있다. 기술의 발전으로 녹음 장비들이 대중화되고, 일반인들도 집에서 어지간한 녹음실 수준의 음질을 구현할 수 있게 되었다. 재능을 거래하는 플랫폼에서는 이미 비협회 성우들이 우수한 장비와 가격 경쟁력을 내세워 온라인 녹음 시장을 빠르게 선점하고 있는 상황이다.

전 분야에 걸쳐서 플랫폼 산업이 절대적인 우위를 차지하게 되면서, 성우 분야에서도 프로와 아마추어의 경계가 허물어졌다. 아마 곧 기존의 중소형 녹음실이 상당수 정리되고, 공유 오피스처럼 공유 녹음실의 시대가 도래할 거라 예상해본다. 얼마 지나지 않아 목소리 플랫폼 내에서 실시간으로 성우와 클라이언트가 만나 녹음 작업을 진행하는 게 자연스러워질 것이다.

그리고 어쩌면 이로써 AI 성우와 맞설 수 있을지도 모르겠다. 재능 있는 인간 성우들이 모여 있는 플랫폼을 활성화시키는 방법으로 말이다. 녹음실에 가지 않고도 온라인에서 클라이언트와 성우가 만나 디렉팅을 디테일하게 구현해낼 수 있는 플랫폼이라면 충분히 경쟁력이 있다고 생각한다.

AI 성우가 제아무리 발전한다고 한들 과연 인간의 섬세한 디렉팅을 이해하고 실현할 수 있을까? 늘 똑같이 안정적인 결과물을 내는 AI 성우의 장점이 한편으로는 한계로 작용하는 셈이다. 우리 인간 성우가 그들과 맞서기 위해서는 인간 성우만이 해낼 수 있는 특장점을 더 키워야 한다. 그래야 더 오래, 더 능동적으로 일할 수 있다.

＊

"기회를 기회로 연결시켜주는 건
언제나 내 옆에 있는 사람들이었다."

돌아온
풀문!

잊힌 줄로만 알았는데

2019년 4월경, 모르는 번호로 전화가 한 통 걸려왔다. 이화여대 대동제를 준비하는 이벤트 회사 담당자였다.

"이화여대 총학생회에서 축제에 성우님을 모시고 싶어 합니다."
"네? 저를요? 왜…요?"

대체 대학생들이 왜 나를 찾는 걸까? 처음엔 너무 의아했다. 대체 접점이 어디인 거지? 학내에서 축제 때 초대하고 싶은 가수를 뽑는 투표를 했는데 〈달빛천사〉 성우 이용신이 1위를 차지했다는 거다. 세상에⋯ 방영 15년이 지난 시점에 〈달빛천사〉의 주제가를 불러달라는 제의가 올 거라고는 상상도 못 해본 터였다. 나를 떠올려줬다는 사실에 기분은 너무 좋았지만, 막상 참여 여부를 결정하려니 겁부터 났다.

'2010년에 단독 콘서트를 한 이후로 무대에서 〈달빛천사〉 삽입곡을 불러본 적이 있긴 있었나?'

기억이 흐릿할 정도로 내게는 너무 오래전 애니송이었다. 특히나 라이브 무대는 더더욱 자신이 없었다. 아이들은 어렸을 때 들은 만화 속 목소리를 기억하고 있을 텐데, 괜히 무대에 섰다가 소중한 추억을 망치게 되는 건 아닐까 걱정스러웠다. 더구나 15년이라는 세월이 지나 나도 이제 두 아이의 엄마가 된 상황 아닌가. 거절해야 할 이유는 한두 가지가 아니었다. 난 일주일만 더 고민을 해보겠다고 양해를 구하고 전화를 끊었다.

시험 삼아 집에서 노래를 불러봤지만 역시나 예전 같지 않았다. 일주일 내내 결정을 할 수가 없었다. 한번 해볼까 하다가도, 에이 아니다⋯ 싶고, 시원하게 거절하자 싶다가도 학생들의 마음에 화답하고 싶기도 했다. 갈팡질팡하는 내게 담당자 분이 이렇게 말하셨다.

"성우님이 거절하시면 학생들이 너무 실망할 거예요."

"아… 그런가요?"

학생들을 실망시키고 싶진 않았다. 게다가 어릴 적 추억을 떠올려 날 찾아준 게 아니던가.

"하아… 그럼 해볼게요."

'그래, 연습에 연습을 거듭하면 무대에 설 수 있지 않을까?'

그날부터 2004년 MR을 틀어놓고 블루투스 마이크를 연결해 매일매일 틈틈이 노래를 불렀다. 특히 'New Future'의 경우 2004년만큼 쨍쨍한 진성 고음을 내기 확실히 힘겨웠다. 발성을 완전히 회복하기에는 시간이 너무 부족했지만, 나름 최선의 라이브를 준비했다. 〈달빛천사〉의 'New Future'와 '나의 마음을 담아' 그리고 〈캐릭캐릭 체인지〉의 '또 다른 나' 이렇게 세 곡을 열심히 연습해서 이화여대로 향했다.

이화여대에 나타난 풀문

그런데 오 마이 갓! 이게 무슨 일이지? 상상치도 못한 인파가 나를 기다리고 있었다. 중앙 무대 앞의 잔디밭 관객석뿐만 아니라 주변 건물에도 환호성을 지르는 학생들이 가득했다. 내 얼굴은 다들 어떻게 아는 걸까? 난 성우라 얼굴이 노출된 적도 많이 없는데.

엄청난 환대와 함성에 다리가 풀릴 지경이었지만 정신을 똑바로 차리고 무대에 올랐다. 난 지금부터 이용신이 아니라 달빛천사가 되어 풀문의 노래를 불러야 하니까.

"애들아 안녕? 나 루나야, 정말 오랜만이다. 나와 함께 노래해줄 거지?"

루나는 전주와 함께 풀문으로 변신해 15년 만의 라이브를 시작했다. 리허설 때부터 플랜카드를 들고 앞에 앉아 있던 학생들이 눈물을 흘리며 내 노래를 따라 하고 있었다. 나도 모르게 울컥하는 감정이 올라와 가사 실수도 하고, 음정도 여기저기 엉망이었다. 그래도 사회자로 올라온 학생들과 즐겁게 인터뷰도 하고, 정말 오랜만에 뜨거운 환호성이 주는 행복을 만끽했다.

'무대에 서길 정말 잘했다.'
'자신 없다고 거절하지 않고 용기를 내길 잘했다.'
'어느덧 어른이 된 달천이들을 보러 오길 너무너무 잘했다.'

그런데 이게 다가 아니었다. 멀리서 대포 카메라로 무대를 찍던 친구들이 영상을 유튜브에 올렸고, 이 '돌아온 풀문' 영상은 어마어마한 조회 수를 기록하며 큰 화제를 불러일으켰다. 댓글을 보는 게 너무 즐거웠다. 다 잊힌 줄로만 알았는데 나를 기억하는 친구들이 이렇게 많을 줄이야. "오열 중." "나 왜 우니." "왜 이렇게 눈물이 나니." 왜들 그렇게 울고 있는 달천이들이 많은지. 아, 이게 무슨 감정일까….

골똘히 생각해보니 그게 바로 캐릭터와 노래가 가진 힘이었다. 풀문으로 변신한 내 목소리를 듣는 순간 아이들은 TV 앞에서 〈달빛천사〉를 보던 그 시절로 돌아갔다. 현생의 고단함, 치열함 속에서 아무 생각 없이 만화를 보고 놀았던 꼬꼬마 시절의 한 장면이 떠올랐나 보다. 성우의 목소리로 달천이들의 추억 버튼이 눌려진 거다. 목소리가 가진 마법이었다.

이화여대 공연 이후로 〈문명특급〉부터 〈아침마당〉까지 여러 곳에서 방송 출연 요청이 들어왔고, 각종 언론사에서 인터뷰 요청도 이어졌다. 가서 보니 막내 작가, 수습 기자들이 죄다 달천이들이었다. 인생, 어떻게 될지 모른다더니 이런 거구나. 인생의 터닝포인트 위에 서 있다는 게 온몸으로 느껴졌다.

옛날 작품 이야기도 하고 요즘 사는 이야기도 하면서 여기저기

인터뷰를 하다 보니 내가 얼마 전까지만 해도 슬럼프에 빠져 허우적대던 사람이었다는 게 믿어지질 않았다. 나의 존재를, 나의 목소리를, 나의 캐릭터를, 나의 작품을 기억해주는 모든 사람들이 너무 고마웠다.

＊

"목소리가 가진 마법이었다."

◇

내 목소리를
찾고 싶어

◇ ─────────────────────────────────

이제 나도 유튜버, 〈이용신TV〉의 시작
〰〰〰〰〰〰〰〰〰〰〰〰〰〰〰

공연 전날 밤늦게 주차장 차 안에서 노래 연습을 하다가 문
득 아이디어가 떠올랐다.

'이 무대를 목이 빠져라 기다리는 친구들은 내가 어떻게 연습을
했는지 궁금하겠지?'

차 안에서 스마트폰으로 내가 노래 연습하는 장면을 찍고, 간단
한 자막과 효과를 넣어 예전에 계정만 만들어놓고 거의 활동하지 않
은 유튜브 채널에 업로드했다. 공연 당일 날도 소감 영상을 찍었다.

몇 년간 스마트폰 없는 육아를 실천하느라 유튜브라는 곳이 어떻게 돌아가는지에 대한 정보는 아예 없었다. 내가 할 줄 아는 거라곤 영상 찍고, 자막 넣고, 음악 깔고, 업로드하기. 이게 다였다.

그러자 몇백 명에 불과했던 구독자가 천 명, 만 명으로 늘어났다. 너무 신기했다.

이후 이대에서의 공연 라이브 영상이 워낙 이슈가 되었길래, 영상을 보며 리액션하는 모습을 찍어 올려보기로 했다. 솔직히 말해 창피하고 민망해서 영상을 처음부터 끝까지 제대로 볼 수가 없었다. 그래도 하루를 꼬박 세워 리액션 영상을 완성했다. 화면 속에 작은 화면을 넣는 방법을 몰라 유튜버용 편집 강의 영상을 보며 독학했다. 마지막으로 BGM만 깔면 끝.

정말 아무 생각 없이 핸드폰에 들어 있던 내가 부른 〈달빛천사〉 수록곡 'My Self'를 쭉 깔았다. 그런데 업로드를 하자마자 저작권 침해 신고가 제기되었다는 이메일이 날아왔다.

'어? 이게 뭐지?'

일단 덜컥 겁이 났다. 찬찬히 살펴보니 일본 측 원곡 권리자가 곡에 대한 저작권을 가지고 있다는 얘기였다. 그제야 유튜브의 음악 정책이 어떻게 돌아가는지 조금이나마 이해가 되었다. 그리고 얼마나 많은 유튜브 채널에 〈달빛천사〉 한국어 번안 버전이 비공식적으로 업로드되어 있는지도 알게 되었다.

궁금해졌다. 그렇다면 내가 한국어로 부른 이 노래들에 붙는 광고 수익은 어떻게 분배되는 걸까?

내 나름의 루트로 전문가 분을 찾아 이 부분에 대해 문의했다. 정확한 건 아니지만 대략적으로 유튜브 측과 원저작권자가 반반씩 수익을 가져가고, 콘텐츠를 올린 채널의 운영자도 아주 적기는 하지만 수익을 일부 공유하는 경우가 있다고 했다.

얘기를 듣고 보니 15년 전 투니버스에서 〈달빛천사〉 방영 당시 정식으로 음원을 출시하지 않은 게 많이 아쉬웠다. 한국어 버전 음원이 이렇게 광범위하게 유튜브에서 재생되고 있는데, 만약 15년 전에 정식으로 음원을 발매했다면 어땠을까. 유튜브뿐만 아니라 멜론이나 지니 같은 음원 플랫폼에서도 편하게 들을 수 있었을 텐데.

당시 작품의 인기가 어마어마해서 투니버스 측에서도 공식 음반 발매에 대한 고민을 했던 것으로 알고 있다. 다만 일본 애니송의 권리

관계가 워낙 복잡하게 나눠져 있어서 애로사항이 많았다. 결국 삽입곡 다섯 곡은 방영용으로 한국어 번안 버전을 녹음하고, 오프닝곡 한 곡만 오리지널 버전을 제작하기로 정리했던 것으로 기억한다.

아니나 다를까 공연 영상에도 아쉽다는 내용의 댓글이 수도 없이 많이 눈에 띄었다.

"왜 이 곡은 음원 사이트에 없나요?"
"유튜브로 들어야만 하다니 너무 불편해요. ㅜㅜㅜ"
"음원 좀 내주세요. 좋은 음질로 듣고파요."

목소리를 찾기 위해

유튜브 구독자가 하루가 다르게 쑥쑥 늘어나면서 영상마다 'New Future', 'My Self', 'Eternal Snow', 'Love Chronicle' 같은 〈달빛천사〉 수록곡들을 음원으로 들을 수 없어 아쉽다는 댓글도 눈에 띄게 늘어났다. 유튜브에 올라와 있는 한국어 버전 음원은 개인이 방영된 영상에서 임의로 추출한 것이지 정식 음원이 아니었으니 말이다.

예전부터 실연자로서 가창에 대한 수익을 적게나마 배분받고 있던 나는 다른 어떤 곡보다 팬들의 사랑을 많이 받은 노래들이 이렇게 15년간 유튜브에서만 소비되어 왔다는 사실이 안타까웠다. 2004년에 녹음한 〈달빛천사〉의 모든 곡은 지금 들어도 아쉬운 부분이 별로 없을 만큼 최선을 다해 부른 것이었다. 그 당시 누구보다도 공식 OST의 출시를 바랐기 때문이다.

'혹시 지금이라도 정식으로 음원을 출시할 방법이 있을까?'

15년간 어디에서도 시도하지 않았던 음원 출시. 어느덧 어른이 된 〈달빛천사〉 팬들의 요청에 나라도 답을 주고 싶었다. 그리하여 원곡의 권리가 어디서 관리되고 있는지를 찾기 시작했다. 2013년에 발매한 내 첫 오리지널 정규 앨범의 음원을 관리해주는 회사 대표님께 알아봐 달라고 부탁을 드렸다.

원곡의 유통을 담당하는 곳은 소니였다. 한국어 버전을 출시하려면 리메이크에 대한 허락을 받아야 하는데, 이 비용이 한 곡 당 200만 원이라는 얘기를 들었다. 여기에 대충 곡 당 편곡, 세션, 믹싱, 마스터링 비용만 더해봐도 쉽게 덤빌 수가 없었다. 내 개인 자금으로 감당하기에는 예산 규모가 너무 컸다.

방법을 모색하던 끝에 2013년에 크라우드 펀딩으로 음반을 제작했던 기억을 떠올렸다. 삽입곡은 총 다섯 곡이었지만 일단은 세 곡만 출시하기로 하고 최소 제작비용을 3,300만 원으로 잡았다. 3만 3,000원씩 1,000명이 모이면 가능하다는 계산이 나왔다.

'1,000명은 모을 수 있지 않을까?'

기대 반 의구심 반으로 프로젝트를 기획했다.

창작자 페이지에서 정말 세세한 부분까지 프로젝트의 기획의도와 방향을 정성스레 채워나갔다. 관계자를 통해 음반이나 콘서트 제목에 〈달빛천사〉라는 명칭을 쓸 수 있는지도 일본 쪽에 확인 요청을 했다. 한국에 방영되면서 완전히 달라진 제목임에도 불구하고 이에 대한 권리가 일본 측에 있다는 답이 돌아왔다. 사용시 지불해야 하는 로열티도 이런 소규모 프로젝트에서는 감당하기 어려운 수준이었다.

하지만 일본 측으로부터 성우님이 가수로서 내는 음반이니 펀딩 프로젝트 소개에는 쓰되 CD 제목에는 이 명칭을 쓰지 않고 발매하는 게 어떻겠냐며, 그 부분에는 문제될 게 없다는 이야기를 전해 들었다. 실제 일본의 〈달빛천사〉 성우도 〈달빛천사〉 전곡을 개인 음반 형식으로 발표한 이력이 있었기에, 나도 그 방식을 따르기로 했다.

〈달빛천사〉 방영 15주년인 그해 안에 프로젝트를 마무리하려면 생각보다 시간적 여유가 많지 않았다. 향후 디자인은 변경될 수 있다는 고지와 함께 임시로 앨범 디자인도 만들어 올리고, 고민 끝에 이 프로젝트를 가장 잘 설명해줄 수 있는 제목도 결정했다.

〈Returned Fullmoon〉. '돌아온 풀문'이었다.

＊

"내 목소리를 찾고 싶어."

◇

드라마틱했던 펀딩의
뒷이야기

◇ ───────────────────────

〈달빛천사〉 펀딩, 드라마가 되다

크라우드 펀딩 사이트에 오픈 시간을 예약해놓고, 본격적인 음원 출시를 위해 편곡자와 편곡 방향을 의논하고 있었다. 미팅을 마치고 지하철을 탔는데 직원에게 전화가 걸려왔다.

"성우님! 난리 났어요!"

난리가 났다니, 무슨 말인가 싶어 펀딩 사이트에 들어가 봤는데… 어…? 내 눈을 의심했다. 내가 워낙 숫자에 약하다 보니 잘못 본 건가 싶어 다시 한번 뒷자리부터 0을 세어보았다. 일, 십, 백, 천, 만,

10만, 100만… 1,000만… 맙소사 오픈 한 시간 만에 1억 원이 모였다.

'이게 대체 무슨 일이지?'

끝이 아니었다. 하룻밤 자고 일어날 때마다 1억 원씩 펀딩 금액은 눈덩이가 커지듯 계속해서 불어났다. 급기야 내 귀에까지 이 프로젝트가 〈달빛천사〉를 보고 자란 세대에게 하나의 유행처럼 번지고 있다는 소식이 들려왔다.

펀딩 금액이 10억 원을 넘어가자 덜컥 겁이 나기 시작했다. 여기서 마감할 수는 없겠냐고 요청했지만, 공지된 마감 시한까지는 오픈을 유지해야만 한다는 답변이 돌아왔다. 예상과 달리 거대해져버린 이 프로젝트를 진행할 사람은 나를 포함해 고작 세 명 뿐이고, 리메이크에 대한 승인도 아직 확답을 받지 못했는데, 혹시라도 중간에 잘못되면 어쩌지 하는 불안감에 눈물이 펑펑 났다.

애당초 1,000명을 예상했던 인원이 7만 명에 이르렀으니 완전히 새로운 판을 짜야 했다. 예상 견적이 뒤바뀌면서 이 정도 규모를 감당할 수 있는 업체를 새로 알아보았다. 그리고 처음 정식 음원 발매에 대한 리워드로 준비했던 USB앨범에, CD와 각종 굿즈까지 추가로 제작하기로 결정했다. 팬들의 요청을 받아들여 최대한 좋은 리워드들을 제공하고 싶었다. 규모가 커지니 생산 단가가 그만큼 떨어져 더 많은 것을 제공할 수 있어서 오히려 기쁘기도 했다.

가장 큰 문제는 리메이크에 대한 승인이었다. 혹시라도 허락해주지 않으면 어떡하나 하루하루 피가 마르는 기분이었다. 결국 투니버스 관계자에게 SOS를 요청했다. 대체 어디에서 막혀서 답변이 오지 않는 것인지 알아내야만 했다.

마침 일본으로 출장을 가는 투니버스 마케터에게 현지 상황을 알아봐 달라고 간곡히 부탁드린 후에야, 그간 소통해온 소니가 리메이크 승인의 최종 결정권자가 아니었음을 알게 되었다. 〈달빛천사〉 음악의 리메이크 허가 권한은 TV도쿄 뮤직이 가지고 있었다. 그 길로 바로 TV도쿄 뮤직에 문의를 넣었고, 드디어 펀딩 마감 이틀 전에 리메이크에 대한 모든 승인을 받을 수 있었다. 간절하면 통한다더니 이때 마음 졸이며 사방팔방 뛰어다니던 걸 생각하면 지금도 아찔하다.

이 프로젝트를 진행하며 원곡의 가수이자 풀문 역의 성우 마이코 상과도 연락이 닿았다. 일본에서 이미 유명한 가수이며 셀럽인 마이코 상은 〈달빛천사〉의 모든 수록곡을 팀 앨범으로 몇 차례 발매한 선배이기도 해서 금방 친해질 수 있었다. 우리 둘 다 생일이 2월 27일임을 알고 소름이 돋았다. 나 역시 언젠가 기회가 된다면 한국에 대한 애정이 각별한 마이코 상을 도와주기로 다짐했다.

달천이들의 놀라운 화력으로 〈달빛천사〉 펀딩은 드라마가 되었다. 창작자도 참여자도 아무도 예상치 못했던 스토리가 펼쳐진 것이다. 15년 만에 어른이 되어 나타난 달천이들의 격려와 지지는 '성우'라는 직업의 가치를 다시 한번 일깨워주었다. 캐릭터의 목소리가 노래와 어우러졌을 때 생기는 놀라운 흡입력과 시간을 초월하는 강렬한 소환력이 얼마나 큰 힘을 가지고 있는지를 15년 만에 알게 되었다.

뜨거웠던 열기만큼 예상치 못한 큰 아픔

프로젝트 내내 계속해서 진행 상황 공지를 업데이트하며, 음원과 리워드 제작에 박차를 가했지만 예상 밖으로 펀딩의 규모가 커지면서 크고 작은 문제들도 발생했다.

펀딩을 오픈했을 때부터 앨범의 임시 디자인에는 'Returned Fullmoon'이라는 제목과 함께 푸른색 보름달이 그려져 있었다. 그 외 〈달빛천사〉 캐릭터 이미지는 프로젝트 어디에도 비치지 않았다. 처음부터 이 프로젝트의 목표는 성우이면서 가수인 이용신이 〈달빛천사〉의 삽입곡을 리메이크해 음원으로 출시하는 것이었으니 말이다.

앨범 디자인은 변경될 것이라는 고지도 계속해온 터, 앨범 재킷 촬영을 마치고 예정대로 스케줄에 맞춰 최종 앨범 디자인을 공개했는데, 이때 일부 펀딩 참여자들이 불편함을 드러냈다. 왜 〈달빛천사〉가 아니라 '이용신' 사진이 앨범 재킷에 있냐는 거였다.

처음에는 이해하기가 어려웠다. 프로젝트의 기획의도와 공지사항에 이미 다 포함되어 있던 내용이었다. 하지만 어릴 적 추억과 관련된 프로젝트다 보니 일반적인 소비자를 대하듯 반박하고 싶지 않았다. 이들의 불만을 받아들여 환불 수수료에 대한 손해를 다 떠안고 환불을 진행했다.

오해와 억측에서 기인한 댓글들에 마음의 상처가 몹시 컸다. 음원 발표 이후에도 이들의 비난은 계속되었다. 내 SNS와 유튜브를 통해 욕설과 인신공격을 일삼고, 프로젝트의 기획의도까지 폄하했다. 도저히 묵과할 수 없는 몇몇 악플러들은 이후 법적 대리인을 통해 고소했고, 상응하는 처벌을 받았다.

다수의 참여자들이 끝까지 이 프로젝트에 함께했음에도 관련 기사들은 환불을 요구한 소수의 목소리를 더 크게 다뤘다. 예상치 못한 전개에 너무나 힘겨운 시간을 보내야만 했다.

프로젝트가 마무리되고 아티스트로서 받은 수익금은 대구 코로나 사태 때 모두 사랑의 열매에 기부했다. 애당초 음원 발매가 목적이었고, 최선을 다해 이를 이뤄냈으니 이외의 수익은 더 의미 있는 일에 쓰고 싶었다.

이 모든 과정을 되돌아보다 보면 분명 후회도 남는다. 성우로서 팬들과 소통하던 나와 펀딩 프로젝트의 창작자로서의 나는 달라야 했는데 그러지 못한 부분이 못내 아쉽다. 그래, 다음을 위해 실수는 기억하고 부족함은 채우자.

위태롭게 버티던 나를 다시 잡아준 건 끝까지 지지해준 팬들이었다. 베인 마음도 힘겨운 몸도 모두 팬들 덕분에 추스를 수 있었다. 여러 가지 부족함에도 불구하고 끝까지 〈달빛천사〉 프로젝트를 지지하고 묵묵히 기다려준 수많은 달천이들에게 무한한 감사를 전한다. 어디서든 성우 이용신을 만나면 달천이의 이름으로 사인을 요청하시라. 〈달빛천사〉의 노래하는 성우로서 팬들에게 내가 할 수 있는 한 모든 보답을 다하고 싶다.

＊

"다음을 위해 실수는 기억하고
부족함은 채우자."

✧

내 목소리가
위로가 되길 바라며

✧ ────────────────────────────

눈물바다가 된 콘서트장

단독 콘서트는 펀딩을 오픈하기 전부터 기획 단계에 있었다. 15년 만에 음원을 발표하고 난 뒤 콘서트까지 이어진다면 달천이들에게 이보다 더 좋은 선물이 없을 것이라 생각했다. 그전까지 내가 소장하고 있던 MR은 당시 담당 엔지니어님에게 선물 개념으로 받은 것이지 정식 MR이 아니었다. 그러다 보니 각종 행사에서 〈달빛천사〉의 삽입곡들을 부를 때 어딘지 모를 불편함이 있었다.

음원을 발표하고 당당하게 콘서트를 할 수 있다는 게 너무 행복했다. 〈달빛천사〉 펀딩이 이슈화되면서 콘서트에 대한 팬들의 관심과 기대도 커졌다. 8월경에 예약했던 소규모 공연장을 취소하고 좀 더 큰 공연장을 알아보기로 했다. 그리고 기적처럼 올림픽공원 내 핸드볼경기장을, 그것도 최고 성수기인 12월 24, 25일에 잡을 수 있었다. 1년 중 가장 티켓 값이 비싸다는 이틀이었다. 렌털비도 세션비도 다른 날에 비해 비쌌지만, 공연기획사가 제시한 것보다 훨씬 낮은 가격대로 티켓 값을 정했다. 순전히 공연 아티스트인 나의 의지였다. 달천이들에게 뜻밖의 크리스마스 선물 같은 공연을 선사하고 싶었다.

콘서트는 티켓 예매 시작 5분도 안 돼 전석 매진을 기록했고, 암표도 기승을 부렸다. 말도 안 되는 가격에 티켓을 되파는 이들을 내 눈으로 확인하고는 실명 등판해 암표 판매를 멈추라는 경고를 날리기도 했다. 하하하.

앞선 일련의 문제들에 시달렸지만 예정된 콘서트를 차근차근 준비했다. 온라인에서 힘든 시간을 보냈기에 팬들을 직접 대면하는 게 조금은 겁이 났다. 멘탈이 약해질 대로 약해진 상태였다. 적어도 무대에 올라서기 직전까지는 말이다.

뜨거운 함성 소리와 함께 9년 만의 이용신 단독 라이브 콘서트가 시작되었고, 팬들의 온기와 애정에 나를 꽁꽁 에워싸고 있던 걱정과 긴장도 다 무너져 내렸다. 팬들도 울고 나도 울고 공연장은 눈물바다가 되었다. 엄마 품에 안겨 엉엉 우는 아이처럼 내가 이제 되려 어른이 된 팬들의 품에 안겨 위로를 받고 있었다.

누군가를 아끼고 사랑한다는 건 이렇게 얼굴을 마주하고 어루만지고 눈물을 닦아주는 것이구나. 내 목소리가 마법처럼 아이들의 추억을 깨어나게 만들었듯이, 이번에는 팬들의 함성 소리가 지쳐 있던 나에게 엄청난 에너지를 불어넣어 주었다. 또 하나의 마법이었다. 울고, 웃고, 소리 지르고, 함께 노래하며 가수와 팬들이 하나의 멜로디를 완성할 때의 감동은 지금껏 내가 느낀 그 어떤 감동보다도 크고 위대했다.

나를 응원해주는 사람들에게 에너지를 받고 그들에게 다시 에너지를 돌려주며 살아가는 게 얼마나 행복한 일인지 알게 되었다. 누군가를 비난하는 데 자신의 소중한 시간을 할애하고 있는 이들이 측은해졌다.

모든 이들이 나를 좋아할 수 없다.
왜 나를 싫어하냐며 설득할 이유도 없다.
감정은 설득이 통하지 않는 영역이기 때문이다.
그러니 그들의 악한 말과 글에 감정이 좌지우지될 이유도 없다.

당당하고 자신 있게 인생의 런웨이를 걷고 싶지만, 때로는 삐끗하기도 하고, 크게 넘어져 한동안 주저앉아 있어야 할 때도 있다. 관객의 눈치를 살피며 주눅이 들기도 하고, 창피해서 당장 무대에서 사라져 버리고 싶은 마음이 들기도 한다. 하지만 생각보다 남들은 내 인생에 관심이 없다. 모두 각자의 런웨이를 걷느라 바쁘기 때문이다.

넘어지는 게 두려워 무대 뒤에서 불행회로만 돌리는 이들에게 이렇게 말해주고 싶다.

넘어지고 일어나고, 또 넘어지고 비틀거릴지라도 앞으로 나아가는 게 인생이라고.

그러다 다리에 다시 힘이 차오르면 당당하고 멋있게 걷고, 또 뛰게 되는 게 인생이라고.

불행을 겪어내며 회복하는 힘이 축적돼, 다음에 닥쳐올 불행을 좀 더 쉽게 극복할 수 있게 도와준다. 행복을 경험하며 온전히 나를 사랑할 수 있는 힘이 축적돼, 다음에 다가올 행복을 남들과 더 많이 나눌 수 있게 도와준다.

행복과 불행은 랜덤이다. 어떤 미래가 날 기다리고 있을지 모르기에 인생은 오히려 살아볼 만하다.

돌아와 주셔서 감사합니다

펀딩과 콘서트 이후 〈이용신TV〉를 통해 유튜브 크리에이터로서도 활발하게 활동 중이다. 다양한 콘텐츠 제작을 위해 구독자들의 댓글도 세세히 살피는 편인데, 가끔 이런 댓글들이 눈에 띈다.

"돌아와 주셔서 감사합니다."

그런 댓글을 볼 때 난 다소 의아해진다.

'난 어디로 떠난 적이 없는데?'

성우 일을 시작한 후로 단 한 해도 쉬지 않고 열심히 일해왔다. 중간중간 부침도 있었지만, 꾸준하게 내가 맡은 역할을 더빙하면서, 또 새로운 캐릭터들을 더빙하면서 나름의 커리어를 쌓아왔다. 하지만 성우들은 기본적으로 얼굴이 노출되는 직업이 아니다 보니, 정말 성우의 활동에 관심을 갖고 있는 찐팬을 제외하고는 근황이나 현재 활동을 파악하기가 어렵고, 또 굳이 파악할 이유도 없을 것이다.

각자의 관심사에 집중하며 사느라 어릴 적 인상 깊게 보았던 작품의 성우까지는 관심을 두고 지내지 못할 수밖에. 아마 사회 전반에 불어온 레트로 열풍과 함께 화려하게 재등장한 〈달빛천사〉를 보고 내 존재를 다시 떠올려주었기에 나온 말이었을 테다. 그래도 나 정도면 그동안 인터뷰도 꽤나 한 성우에 속하는데 그렇게 눈에 안 띄었나 반성도 했다.

내 입장에서는 거꾸로 이 말을 들려주고 싶다.

"돌아봐 주셔서 감사합니다."

난 내 갈 길을 묵묵히 걸어가고 있었는데 잠시 뛰다 멈춰서 내가 어디 있는지 발견해주고 바라봐준 건 바로 여러분이라고.

〈캐캐체〉 굿즈 갖고 싶어요

유튜브를 운영하다보니 콘텐츠를 홍보하기 위해서라도 각종 SNS 계정을 동시에 관리해야 한다. 콘텐츠 크리에이터는 인스타그램, 트위터, 페이스북, 틱톡, 클럽하우스까지 팔로워들과의 소통이 필수다. 이들이 모두 내 콘텐츠의 소비자들이기 때문이다.

올해 초 생일 기념으로 인스타 라이브를 켰다. 라이브 방송을 자주하는 편은 아니지만, 크리스마스나 생일 같은 날에 이벤트성으로 팬들과 직접 소통하는 시간을 갖기도 한다.

신나게 대화를 하는 도중 〈캐릭캐릭 체인지〉에 대한 얘기가 나왔다. 〈달빛천사〉 세대 이후 〈캐캐체〉 세대라는 말이 있을 정도로 〈캐캐체〉 역시 투니버스의 인기 애니메이션이었다. 〈캐캐체〉의 주인공 아무는 내 대표 캐릭터이기도 하다.

"아무 목소리 내주세요. 아무 그리워요."
"〈캐캐체〉 굿즈 갖고 싶은데 지금은 구하기가 너무 어려워요."
"예전 굿즈들이 중고시장에서 너무 비싸게 팔려요."

"진짜? 그게 다시 갖고 싶다고? 어떤 아이템을 원하는데?"

정말 신기해서 물어본 질문이었는데, 〈캐캐체〉 팬들의 요청은 다양하면서도 구체적이었다.

"그래? 그럼 내가 한번 알아볼까?"

회사를 통해 이 프로젝트의 실현 가능성을 타진해보기로 했다. 생각보다 모든 것이 순조롭게 진행되었다. 〈캐캐체〉의 IP권리를 갖고 있는 업체와 접촉하고, 실질적으로 굿즈 제작이 가능한 아이템을 선정해 디자인 시안을 의뢰했다. 이후 몇 차례에 걸쳐 아이템과 최종 시안을 변경한 끝에 와디즈에 〈캐캐체〉 굿즈 펀딩 프로젝트를 오픈했다. 펀딩 플랫폼은 니즈는 분명하지만 수요를 예측하기 어려운 이 같은 프로젝트의 제작비와 재고에 대한 부담을 덜어주는 장점이 있다.

〈달빛천사〉 OST 펀딩을 통해 축적한 노하우들이 이번 프로젝트를 더욱 견고하게 만드는 데 도움을 주었다. 문구 하나, 이미지 하나, 영상 자막 하나까지도 검토의 검토를 거쳤다.

〈캐캐체〉를 추억하고 애정하는 팬들의 요청으로 시작된 〈캐캐체〉 굿즈 프로젝트의 결과는 마찬가지로 대성공이었다. 자그마치 목표 금액의 1,145퍼센트를 달성하였다.

이런 댓글 하나가 눈에 띄었다.

"이용신 성우는 우리들의 동심을 현실화시켜주는 마법사가 아닐까?"

〈달빛천사〉 음원을 정식 출시한 것도, 유튜브 〈이용신TV〉를 시작한 것도, 클래스101에 〈인생을 바꿀 목소리 연기의 모든 것〉 클래스를 오픈한 것도, 〈캐릭캐릭 체인지〉 굿즈를 출시한 것도 나 혼자 앞서 나간 게 아니다. 나를 좋아해주는 이들의 요청에 귀를 기울이고, 그곳을 향해 걸어간 것뿐이다. 온전히 내가 한 것은 '용기'를 내 '마음'을 먹은 것이다. 한번 해보기로.

드래곤갓의 팬 이야기

성우로 활동하면서 나에게 수많은 별명들이 생겼는데 그중 가장 마음에 드는 건 바로 '드래곤갓'이다. 용-드래곤. 신-갓. 너무나 귀에 쏙 들어오는 직관적인 별명 아닌가. 내 이름의 한자는 물론 '용 용龍' 자도 '신 신神' 자도 아니다. '녹일 용鎔'에 '신하 신臣' 자다. 하지만 그런 건 전혀 중요하지 않다. 팬층이 어려질수록 워낙 줄임말에 익숙해서 그런지 이마저도 줄여 용갓님, 드갓님이라고 부른다. 일가를 이룬 전문가에게 '갓'을 붙이는 것의 원조는 혹시 내가 아닐까.

2010년에 홍대 상상마당에서 첫 라이브 콘서트를 열었을 때 스탠딩 객석을 가득 메운 건 청소년기에 〈달빛천사〉를 본방 사수했던 친구들이었다. 투니버스에서 이 작품을 2004년에 방영했으니까 6년쯤 지난 그 시점에 팬들은 고등학교를 졸업하고 티켓팅과 서울 콘서트장 원정이 가능한 나이가 되었다. 그 당시 내 인터넷 방송을 듣고 콘서트에 왔던 팬들은 어느새 결혼도 하고 아이도 낳고 살아가고 있다. 군대를 갔다 와서 취직했다는 소식을 전하기도 한다. 이 친구들의 소식을 들으면 지금도 뭉클하다. 언제 저렇게 커서 사회에서 한몫을 하고 있는지 기특하기도 하다.

그리고 이 친구들보다 더 어릴 때 그러니까 유치원, 초등학교 시절에 〈달빛천사〉를 봤던 팬들이 바로 〈달빛천사〉 음원 펀딩에서 엄청난 화력을 모아준 친구들이다. 국내 방영 15주년이 지난 시점에 대학생이 되어 있거나 사회 초년생으로서 직장에서 N분의 1을 담당하기 시작한 팬들이 어릴 적 즐겨 들었던 추억의 애니송을 떠올린 것이다.

이들보다 4, 5년 아래 세대의 친구들은 〈달빛천사〉의 '루나'보다는 〈캐릭캐릭 체인지〉의 '아무'로 내 목소리를 기억한다. 〈캐릭캐릭 체인지〉가 2008년 방영이니까 지금 20대 초, 중반의 여학생들이 〈캐캐체〉 세대다. 〈달빛천사〉OST보다 〈캐캐체〉의 오프닝곡 '또 다른 나'를 목 놓아 부르며 어린 시절로 돌아갈 수 있는 이 친구들 역시 내 팬 중 큰 부분이다.

그보다 더 아래로는 2016년 방영한 〈아이 엠 스타!〉 세대도 있다. 공교롭게 이 작품에서도 '루나'라는 이름의 아이돌 가수 역을 맡아 노래를 불렀다. 이 작품 이후로 난 '루나' 전문 성우로 불리게 되었다. 〈달빛천사〉만큼의 막강한 팬덤을 가지고 있지는 않지만, 내가 무척 애정하는 캐릭터다. 오디션 장면부터 덜덜 떨면서 노래를 시작하는 〈달빛천사〉의 루나와 달리 〈아이 엠 스타!〉의 루나는 이미 아이돌계에서 톱을 찍고 레전드가 된 상태로 공연하는 장면에서 시작한다. 그동안 성우로서 지내온 나의 변천사와 맞물려 미묘한 동질감을 갖게 해줬다.

유튜브를 시작하면서 공개된 비즈니스 계정으로 인터뷰나 방송 출연 요청이 많이 들어오는데, 섭외를 수락하고 현장에 가보면 언제나 나의 팬임을 고백하는 작가, PD, 기자, 크리에이터들을 만나게 된다. 촬영이 끝나면 어김없이 사인 요청과 셀카 촬영이 이어진다. 난 거의 모든 요청에 응해주는 편이다. 돈 드는 것도 아니고, 힘든 일도 아닌데 아낄 이유가 전혀 없다. 지금까지 나를 좋아해준다는 게 너무 고맙고, 이렇게 어엿한 어른으로 성장해서 나를 찾아줬다는 것도 살짝 감동적이다.

조카가 커가는 걸 지켜보던 이모가 오랜만에 만나서 기특하다고 토닥여주고 안아주고 싶은 마음이 든달까. 부모님이나 선생님처럼 바른 길로 인도하려는 어른이 아니라, 그냥 고민을 들어주고, 같이 웃어주고, 때론 울어주면서 격려해주는 언니나 누나 같은 존재. 나의 팬들이 나를 그렇게 생각해준다면 더 바랄 게 없겠다.

새로운 도전은 계속된다

단독 콘서트 개최, 정규 앨범 발매, 크라우드 펀딩, 보이스 플랫폼 사업, 크리에이터 데뷔, 온라인 성우 클래스 론칭 등 누구도 해보지 않은 일을 처음으로 시도하며 살아왔다. 돌아보니 모두 첫 도전이었기에 단번에 100퍼센트 성공한 일은 하나도 없었다. 실수와 실패가 있었듯 수습과 극복도 있었다. 만약 좌절과 포기로 대응했다면 오늘날의 '이용신'은 없었을 거다.

지칠 만도 한데 계속해서 도전해보고 싶은 일들이 생기는 걸 보면, 내 안에 개척자의 DNA가 흐르고 있는 게 분명하다. 앞으로도 계속해서 호기심을 가지고, 내가 의미 있다고 여기는 일들에 도전하는 삶을 살아갈 것이다. 물론 매번 결과에 확신이 있는 것도 아니고, 리스크에 대한 불안함을 떨쳐낼 나만의 묘수 따위도 없다.

실패 이후를 걱정하며 아무것도 하지 않고, 그저 현재에 만족하며 살아가기에는 세상에 재미있는 일들이 너무 많다. 불가능한 것보다 가능한 것들이 더 많이 보이는 게 나만의 착각이라면 난 그냥 착각 속에서 살아가고 싶다.

나이에 안주하지 않고 세상에 대한 끊임없는 호기심으로 지금껏 존재하지 않았던 새로운 무언가를 만들어내는 사람으로 살아가고 싶다. 하고 싶은 마음은 가득 차 있는데 무엇을 어떻게 해야 할지 몰라 헤매던 어린 내게 손 내밀어준 고마운 어른들처럼, 나도 누군가에게 그런 존재로 기억되고 싶다.

언젠가 정말 할머니가 되었을 때 '호기심 할머니' 캐릭터로 애니메이션을 만들어보고 싶기도 하고, 노래하고 곡 쓰는 뮤지션이 주인공인 국산 애니메이션을 만들어보고 싶다는 오래된 꿈도 여전히 꾸고 있다.

애매한 재능의 빈 구석을 조금씩 채우며, 이를 온전한 재능으로 만들어가는 과정 중에 있다. 지난날 여러 우물을 파온 덕에 여기까지 왔으니, 이제 깊은 우물 하나를 남기고 싶다. 이를 위해 연기 관련 서적들을 읽으며 이론 공부도 계속하고 있고, 보컬 트레이닝도 시작했다.

첫 수업 날, 보컬 선생님이 내게 물었다.

"노래를 왜 배우려고 하세요? 이미 잘하는 분인데."
"캐릭터가 아닌 제 목소리로 노래하고 싶어서요. 만들어진 소리 말고 그냥 내 소리로 자유롭게 마음껏."

오래도록 내 목소리로 말하고 연기하고 노래하고 싶다.

누구라도 내 목소리를 듣고 기운을 차리고 일어설 수 있다면 그걸로 충분하다.

내 목소리가 자유롭게 날아가 누구에게든 위로를 전할 수 있기를 바라며.

"지금까지 나를 좋아해준다는 게 너무 고맙고,
이렇게 어엿한 어른으로 성장해서
나를 찾아줬다는 것도 살짝 감동적이다."

마법 같은 시간들

좋아하는 일을 하며 산다는 건 정말 행복하다. 많은 사람들이 그렇게 살기를 원한다. 하지만 재미있어 보이는 일을 하며 살고 있는 이들이 얼마나 오랜 세월 재미없는 일을 버티며 살아왔는지는 잘 모르는 듯하다. 매력적인 캐릭터의 목소리 더빙을 위해서는 호흡, 발성, 발음 연습과 같은 재미없고 지루한 루틴을 반복해야 한다. 연륜은 나이테처럼 저절로 만들어지지 않는다. 찬란한 시절에는 필요치 않던 또 다른 노력이 뒷받침되어야만 한다.

이 책을 읽은 분들이 좋아하는 일에 도전하길 바란다. 하지만 너무 빨리 결과를 궁금해하지 않았으면 좋겠다. 내 기대만큼의 결과가 나오지 않더라도 좋아하는 일을 좇았던 그 시간이 쓸모없어지는 건 아니니까. 인생의 불확실성이 감소했고, 후회도 줄었으며, 좋아하는 일을 하는 동안 행복했으니까.

또 내가 전혀 예상하지 못한 경로를 통해 그 시간들은 언젠가 열매를 맺게 될 테니까.

애매한 재능을 온전한 재능으로 바꾸는 마법 같은 시간이 당신의 인생에 반드시 주어지길.

이용신

너에게 목소리를 보낼게

첫판 1쇄 펴낸날 2021년 12월 3일

지은이 이용신
발행인 김혜경
편집인 김수진
책임편집 유승연
편집기획 김교석 조한나 이지은 임지원 곽세라 전하연
디자인 한승연 성윤정
경영지원국 안정숙
마케팅 문창운 백윤진 박희원
회계 임옥희 양여진 김주연

펴낸곳 (주)도서출판 푸른숲
출판등록 2003년 12월 17일 제2003-000032호
주소 경기도 파주시 심학산로 10(서패동) 3층, 우편번호 10881
전화 031)955-9005(마케팅부), 031)955-9010(편집부)
팩스 031)955-9015(마케팅부), 031)955-9017(편집부)
홈페이지 www.prunsoop.co.kr
페이스북 www.facebook.com/prunsoop　　**인스타그램** @prunsoop

ⓒ이용신, 2021
ISBN 979-11-5675-927-0(03810)